수신무제

3

수신무제

서준백 신무협 장편 소설

手神武帝

차례

1장
혈로(血路)

철호(鐵虎).

　피를 마시고 태어났다. 산적떼가 휩쓸고 지나간 마을 언저리에서 고작 네 살짜리 아이 홀로 살아남았다.

　목이 마르면 시체가 된 마을 사람들의 피를 마셨고, 시체들 틈에서 생명을 부지했다. 본능적으로 아이는 살고자 했고, 살고자 하는 욕구는 아이가 가진 원초적 본능을 눈뜨게 했다.

　그렇게 꼼짝없이 엄동설한 아래 죽어 가던 아이를 건진 것은 사마련의 한 무인.

그 무인은 천애고아가 되어 버린 아이를 품 안에 안고 돌아왔다. 커 가면서 철호는 남다른 살육 본능을 지니게 됐고, 죽음을 두려워하지 않았다.

선천적으로 죽음을 두려워하지 않은 철혈의 무인으로 성장하기까지 철호가 걸린 시간은 고작해야 십 년.

철호는 태어나서부터 고독했고, 고독은 철호를 늘 그림 자처럼 따라다녔다. 그런 철호가 진심을 다해 복종하게 된 '그'는 철호가 처음으로 자신과 닮았다고 여길 만한 사내 였다.

그때부터였다. 지금껏 별반 목표 없이, 그저 싸우는 것 이 곧 인생이었던 철호에게 '그'라는 이정표가 생긴 것이.

"끄악—!"

이미 모든 곳이 아비규환이었다.

지옥도나 다름없는 계곡 변경(邊境)을 바라보며 요화는 눈을 치켜떴다.

어떻게든 도망쳐야 했다.

'멍청한 버러지들.'

지금까지 자기 부모만 믿고 깝죽거리던 녀석들은 벌써 아귀 가면의 칼에 지푸라기처럼 쓰러진 지 오래였다.

요화는 거대 상단, 단장의 후계자로서 이곳으로 보내졌다. 하지만 그저 부모 힘만 믿고 날뛰는 후기지수들은 상단의 후계자인 그녀를 무시하기 일쑤였다.

일개 상단이 혼란스러운 세상에서 무얼 할 수 있겠냐며, 불쑥 잠자리나 같이 하자며 찾아온 얼빠진 자들도 더러 있었으니까.

하지만 요화는 참고 끝까지 수련에 임했다.

그녀의 나이 고작해야 열일곱이지만, 그녀는 자신이 무얼 해야 할지 정확히 알고 있었다.

그리고 지금은 생존을 위해 뛰어야 할 때.

그녀는 어깨 너머로 쓰러지고 있는 후기지수들은 모른 체하고, 앞을 향해 뛰었다.

그런 그녀의 뒤로 살아남은 후기지수들도 빠르게 달려가고 있었다.

갑자기 나타난 적들은 사정을 봐주지 않았다.

처음에는 교관이라고 생각했었다.

매번 반복되는 수련 중, 조금 특이한 수련이라고 생각했었다.

하지만 군무맹 오성(五星) 중 하나인 만탑수호대(萬塔守護隊) 대주의 유일한 외동아들이 무참히 쓰러진 이후에야 후기지수들은 죽음을 직감했다.

피가 사위를 덮으며 쓰러지는 시신을 처음 본 그들의 눈에는 싸워야겠다는 투지보다 두려움만이 가득했다.

고작해야 약관도 되지 않은 어린아이들이었다.

아무리 군무맹 고위 수뇌들의 자제와 군무맹을 돕는 여러 세력들의 자제들이라고 해도, 죽음을 몰고 온 정예 살수들 앞에서는 어찌할 도리가 없었다.

그중 가장 냉철한 이성을 찾고 있는 것은 그녀였다.

하지만 그녀도 아직은 열일곱에 불과한 여인일 뿐.

퍽—!

어디선가 튀어나온 발길질에 앞으로 달려가던 그녀가 바닥을 힘없이 나뒹굴었다.

낙엽 잎처럼 나뒹구는 그녀를 보자마자, 그녀를 뒤따르던 후기지수들의 얼굴이 새파랗게 질렸다.

신장 크기가 팔 척은 될 법한 거인(巨人)이 어느새 앞을 가로막은 것이다.

"움직이지 마라."

마치 거대한 돌이 입을 벌려 말을 하는 것 같았다.

낮게 깔린 무거운 음성에 달려가던 후기지수들 모두 아연실색하며 뒤로 물러났다.

바닥을 나뒹군 그녀를 염려하는 이는 단 한 명도 없었다.

'개자식들.'

그녀는 통증을 참으면서 이를 악물었다. 겁쟁이만 잔뜩 모아 놓은 곳인 줄은 진작 알았다.

호기를 품고 있는 자들은 극소수.

그런 자들은 도리어, 폐관수련을 시작하지 굳이 인맥을 다지러 이런 수련장에 나오지도 않았다.

"우, 우리가 누군 줄 아느냐—!"

팔척장신의 거한이 손에 쥔 거대한 도(刀)를 휘두르려 하자, 이제 막 수염이 나기 시작한 소년이 소리를 쳤다.

이제 열일곱의 나이에 접어든 영호인이었다.

영호인은 원로 중에서도 삼공(三公)의 칭호를 받은 수파 절령도(水波切靈刀) 영랑교의 손자였다.

사랑만 받으면서 큰 탓인지, 예의 없고, 안하무인이 따로 없는 소년.

기실 공급 인사들의 자제가 이런 곳에 나올 때는 자신의 가문이 가진 위세를 뽐내기 위해서였고, 영호인도 그런 범주에서 별반 다르지 않았다.

그래서일까, 세상 풍파에 대해서는 아는 것이 전무한 소년은 자신이 무슨 짓을 벌인 것인지도 모르고 눈만 부릅뜬 채 벌벌 떨고 있었다.

명색이 공급 인사의 손자라고, 어설프게 검을 집어 든 것이 나름대로 호기가 보이기는 했다.

하나 소년과 마주한 사내는 결코 호락한 사내가 아니었다.

팔척의 거한은 소년을 내려다보며 재차 입을 열었다.

"너의 투지, 네 목숨을 빼앗는 것으로 보답하겠다."

처음으로 보이는 엷은 미소, 철호의 검은 눈동자에 살기가 섞였다.

미소에 담긴 섬뜩함에 저도 모르게 물러난 영호인은 이빨까지 부딪쳐 가며 파르르 떨었다.

어느새 몸을 옥죄기 시작한 섬뜩한 살기에 손가락 하나 까딱할 수 없었기 때문이리라.

영호인은 검을 고쳐 쥘 정신도 없었다.

이빨만 딱딱 부딪치며 사시나무처럼 떨고 있는 영호인의 얼굴을 내려다보던 철호가 가만히 도를 치켜들었다. 철호가 도를 치켜들자, 거대한 그림자가 검은 날개를 활짝 펼친 것 같았다.

검은 날개 아래 갇힌 영호인은 이도저도 가지 못하는 작고 여린 소년에 불과했다.

집안을 과시하던 망나니 자제는 지금 이 순간, 아무것도 해내지 못했다.

영호인의 상황을 지켜보던 요화는 고개를 돌리지 않고 모든 상황을 똑똑히 지켜봤다. 그녀의 표독스러워진 눈동자가 떨어지는 도를 빠르게 쫓았다.

그 순간, 그녀의 귀밑머리가 휘날리고.

바람이 스쳐 지나가자 영호인의 정수리로 떨어지던 도끝에 작은 빛이 피어올랐다.

그 빛은 천천히 위로 떠오르며 도를 위로 밀어냈다.

단순히 밀어내는 것이 아니었다.

철호는 분명 아래로 도를 누르고 있었는데, 갑자기 솟아오른 빛은 도를 밀어내고 있었던 것이다.

팽팽한 힘겨루기는 금세 끝났다.

결국 철호가 도를 물리고 두어 걸음 밀려난 것이다.

별안간 피어오른 빛의 정체는 검기였다.

어느새 사방으로 광풍이 불며 도를 들고 있던 철호의 눈동자에 빛무리가 사그라지며 사람의 윤곽이 나타났다.

철호가 도를 고쳐 쥐면서 살기가 번뜩이는 눈동자를 빛냈다.

그런 철호의 시야에 들어온 것은 어느새 영호인의 앞을 가로막고 선 윤후였다.

윤후가 양손에 월양쌍륜검을 쥔 채로 입을 열었다.

"……찾았다."

잠깐의 정적이 얼마나 흘렀을까.

흐트러지는 머리카락 사이로 눈을 빛내는 윤후의 눈동자가 팔척장신의 철호와 허공에서 부딪쳤다.

문답무용(問答無用). 그들은 이미 각자가 서로의 적임을 인지하였으니, 더 이상의 말은 달리 필요 없었다.

철호의 눈동자에 투기가 더욱 깃들었다.

동시에 윤후가 아귀 가면들에게 도망치던 후기지수들을 향해 일갈을 터트렸다.

"뛰어서 내게 온다―! 지금 당장―!"

갑자기 나타난 윤후의 사자후에 후기지수들은 어안이 벙벙한 표정을 지었지만, 지금은 우군을 가릴 때가 아니었다.

그중, 상황을 지켜보고 있던 요화가 윤후의 얼굴을 알아보았다.

"백…… 교관?"

마른침을 삼킨 그녀의 눈동자에 아주 잠시간, 눈발 시리던 그날이 떠올랐다.

유난히 눈발이 많이 날리던 겨울, 그날은 너무 많은 폭설 때문에 수련 일정들이 상부의 조치로 인해 사라졌다.

하나 그녀는 수련을 멈추지 않았다.

홀로 연무장에 나가 눈발 날리는 군무맹 전각들 사이에서 수련을 시작했다.

삶을 책임지기 위해서는 오로지 홀로 큰 힘을 가져야 한다는 사실을 그녀는 이미 어릴 때부터 체득해 왔기 때문이다.

그리고 그런 그녀의 검을 직접 봐 준 것이 윤후였었다. 윤후는 눈발 사이로 걸어 나와 덤덤한 얼굴로 이렇게 말했었다.

"……큰 상인이 후견인이라고 들었는데, 굳이 이곳에 온 이유는 더 높은 곳을 오르기 위함인 건가? 군무맹 내부에, 높은 곳에 올라서 뭐하게?"

"교관에게 그런 이야기까지 해야 하나요?"

"아니."

"그럼 갈 길이나 가시죠."

"고아지?"

"……당신, 교관 주제에 말이 너무 많군요. 군무맹의 요직은 차지하지 않았지만 내 후견인도 만만치 않으신 분이에요."

"상관없어. 단지 대답을 듣고 싶어. 고아야, 아니야?"

"그게 왜 중요한데요?"

"만약 그런 것이라면, 한 수 가르쳐 줄까 싶어서."

"왜죠?"

"……뒷배 믿고 깝죽대는 놈들은 특권을 누리고 살잖아. 공평하려면 너도 똑같이 가져야지. 그 형평성을 잡는 게 교관이 할 일이고."

"오지랖이 넓으시네."

"오지랖을 더 피우면, 난 애초에 칼 따위 잡지 말라고 하고 싶은 심정이란다."

교관들 중에 그렇게 긴 얘기를 나눠 본 것은 그가 처음이었다.

아니, 늘 모든 무인들이 바쁘게 움직이는 군무맹이란 집단 속에서 홀로 여유롭게 걸어 다니던 그의 모습이 유독 눈에 남았던 것은 무엇 때문이었는지 그녀는 늘 궁금했었다.

그리고 교관 자리를 관두고 사라졌다는 그의 소문을 접한 지 꽤 지난 지금, 그는 과거와는 다른 모습은 그녀의 눈앞에 서 있었다.

한편 윤후 덕분에 가까스로 살아남은 영호인은 바지춤이 노랗게 젖어 드는 것을 아는지 모르는지 털썩 주저앉은 채 입을 벌리고 있었다.

　아니 애써 정신을 반쯤 차리려는 듯 고개를 좌우로 젓더니 되려 윤후를 향해 시답잖은 소리를 떠들어 대기 시작했다.

　"교, 교관이라면 어서 저들을 막아! 당장!"

　윤후는 영호인의 말은 들리지도 않는다는 듯, 가볍게 무시한 뒤 자신을 노려보고 있는 철호를 마주 봤다.

　동시에 후기지수들이 헐레벌떡 뛰어 쫓아오는 아귀 가면들을 피해 윤후에게 속속들이 모여들었다. 그 사이 철호의 도가 윤후를 노리고자 사방을 휘저었다.

　절정의 기량을 가진 철호의 도는 강력했다.

　육중한 무게의 도가 휘둘러질 때마다 도끝에 응집된 도기들이 윤후의 팔, 다리를 자를 듯 사방으로 나뉘어 쪼개져 윤후의 사혈을 노렸다.

　사혈을 노리고 달려드는 도의 궤적에 따라 윤후의 신형이 눈 깜짝할 새, 천변(千變)의 움직임을 만들어 냈다.

　잔영이 잠시 원래 자리에 남을 만큼 빨라서 그의 몸이 마치 여러 개로 분리된 것 같은 광경이 벌어졌다.

철호는 허실을 분리해 내야 할 만큼 잔상은 무섭도록 실제와 흡사했다.

그만큼 윤후는 빨랐고, 철호는 잔상을 전부 사그라트리겠다는 듯 도를 거칠게 휘둘러 강력한 도풍(刀風)을 일으켰다.

잇달아 철호는 윤후가 아닌, 벌벌 떨고 있던 영호인을 노렸다.

윤후가 영호인을 비롯한 다른 후기지수들을 지키려 한다는 걸 이미 알게 된 탓이다.

눈 깜짝할 새, 영호인을 향해 도가 떨어졌다.

궤적을 바꾼 도끝을 향해 윤후가 움직였다.

방향을 선회해 떨어져 내리는 도끝을 향해 달려가던 윤후와 함께 철호의 눈이 번뜩였다.

동시에 그의 등허리 검갑(劍匣)이 열리며 검이 튀어나와, 비어 있던 철호의 좌수에 번개 같이 검이 들렸다.

좌검우도(左劍右刀).

특이한 병기 운용.

애초 기습을 노린 듯 철호의 암습적인 일격은 윤후의 기압을 정확히 꿰뚫고 그의 목 언저리까지 들어섰다.

빛살처럼 뻗어진 철호의 도끝을 피하기 위해 윤후가 청월을 코끝에 세워 도를 비껴 치며 허리를 젖혔다.

이어서 우수에 들린 적양에 불꽃같은 검기가 피어올랐다.

적양 끝에 솟아오른 검기가 철호을 횡으로 올려쳤다.

승천하는 용처럼 솟아오른 적양을 피하기 위해 철호는 뒤로 빠질 수밖에 없었고, 윤후도 재빨리 허리를 세우면서 한 바퀴 몸을 돌렸다.

몸을 돌리는 윤후의 뒤를 철호가 재빨리 쫓았다. 어느새 검을 다시 거둔 철호는 오른발을 엿가락처럼 뻗었다.

네 걸음 가량 떨어져 있던 간격이 눈 깜짝할 새 다시 좁혀졌다. 따라붙는 철호와 함께 윤후가 적양을 거두며, 목석이라도 된 양 제자리에 엉덩이를 붙이고 있던 영호인의 목덜미를 잡아끌었다.

윤후에게 뒷덜미가 잡힌 영호인이 바닥을 질질 끌려가고, 그가 방금 전에 앉아 있었던 자리 위로 철호의 도가 내려찍히며 땅에 커다란 구덩이가 생겼다.

평평하던 땅의 흙이 도의 진동을 이기지 못하고 허공으로 흩어졌다.

사방팔방으로 튀는 흙들을 뿌리치며 나온 철호가 굶주린

짐승처럼 윤후의 손에 끌려가는 영호인을 뒤쫓았다.

영호인은 목덜미가 잡혀 끌려가면서도, 자신을 끌고 가고 있는 윤후의 오른손을 뒤로 뻗은 양손으로 꽉 잡았다.

"더 빨리! 더 빨리 움직여!"

당장 울음을 터트릴 것 같이 시끄러운 영호인의 외침은 지금 이 순간, 윤후의 귓가에 제대로 들려오지도 않았다.

그저 마음이 급할 뿐이었다.

하나라도 더 살려야 한다.

교관 일을 할 때는 때려 죽여도 시원찮은 놈들이 태반이었지만, 적어도 지금 이곳에서 이들은 희생양에 불과했다.

어떤 싸움에 휘말렸는지 제대로 상황 파악도 안 되는 불쌍한 아이들일 뿐이다.

자신이 아니라면 이곳에 남은 아이들은 고혼이 될 수밖에 없으리라.

하지만 사실 윤후의 깊은 곳에서는 무의미한 학살을 막겠다는 대의보다는 개인적인 복수심이 더 강했다.

윤후는 이미 백오동의 죽음으로 그들과 철천지원수가 된

것이나 다름없었기 때문이다.

분노할수록 윤후의 머리는 차갑게 식어 갔다.

깊게 가라앉은 윤후의 뒤로 나찰이 유형화되었다.

본격적으로 힘을 방출시킨 윤후의 기세는 철호에게 흡사 태산처럼 느껴졌다.

윤후의 기세에 성난 범처럼 쫓아갔던 철호의 움직임이 아주 잠깐 멈칫했다.

멈칫하는 철호와 함께 윤후가 끌고 가던 영호인을 자신의 등 뒤로 모여든 후기지수들에게 던졌다.

바닥을 구르며 후기지수들 사이에 엎드린 영호인의 얼굴이 새하얗게 질렸다.

윤후는 자신을 중심으로 등을 맞댄 채 몸을 떨고 있는 후기지수들을 힐끗 쳐다봤다.

숫자는 정확히 스물.

널브러진 몇몇의 시체들을 보니 적어도 절반가량은 이미 이승을 떠난 듯했다.

가늘게 뜨인 눈이 빠르게 사방을 훑자 주위에는 아귀 가면을 쓴 적들로 가득했다. 적들은 더 이상 활을 겨누지 않고 무리를 지어 사방을 틀어막았다.

병장기를 들고 서서히 옥죄어 오는 적들의 눈빛은 살기

로 가득했다.

철호도 좌우로 목을 움직이고는, 다시 거친 숨을 토해 내며 윤후에게 다가오기 시작했다.

이제 눈을 감았다 뜨면, 생존을 건 싸움이 시작될 것이다.

결코 빠져나갈 곳은 없었다.

그저 이들이 죽건, 혹은 후기지수들과 자신이 죽건 둘 중 하나였다.

물러설 수 없는 이 순간, 윤후의 어깨에는 살아남은 후지기수들이 짐처럼 얹어져 있었다.

윤후는 애써 태연한 신색을 유지했다.

그는 대신 자신의 뒤에 거친 숨을 쉬며 두려움에 떨고 있는 아이들을 향해 입을 열었다.

"지금 이중에서 제일 정신 멀쩡한 놈, 내 옆으로 와. 아니, 멀쩡하진 않더라도 수족은 움직일 수 있는 놈이면 된다."

낮게 깔린 윤후의 음성이 울려 퍼지자, 후기지수들이 동요했다.

그들은 그저 보호받길 원할 뿐, 스스로 자신을 지킬 생각은 없는 듯 보였다.

그때 가까스로 무리에 속하게 된 요화가 다른 후기지수들을 헤치고 나섰다.

"버틸 만은 해요."

당당하게 나선 그녀를 힐끗 쳐다본 윤후가 재차 입을 뗐다.

"시간 없어. 얼른 나와."

"내, 내가 하겠소."

검을 집어 들긴 했지만, 그마저도 어설퍼 보이는 소년 한 명이 요화의 뒤를 따라나섰다.

요화가 그 소년을 힐끗 쳐다보며 윤후에게 덧붙여 말했다.

"이름난 협객의 자제는 아니에요. 이름은…… 마도호. 커다란 마구간(馬廄間)을 가진 개봉 마장(馬匠)의 후계자예요."

"……그게 중요해?"

"여기서 살아남으면, 어찌 됐건 후기지수들을 지키지 못한 당신 책임 아닌가요? 어차피 문책 당할 거라면, 나처럼 세력이 크지 않은 후기지수들을 희생시켜서 다른 후기지수들을 살리는 게 나으니까요. 당신도 그렇게 생각할 것이고."

그녀는 윤후가 교관에 다시 복직해, 그 일을 수행하고 있다고 생각하는 듯했다.

하긴 그녀의 오해도 가능한 일이긴 했다.

윤후가 너무 공교롭게도 적절한 시간에 나타났기 때문이다.

그녀의 말을 들으며, 적들을 경계하던 윤후가 지체 않고 입을 뗐다.

"네 말이 맞다고 치면, 왜 굳이 나선 거야. 희생양이 될 게 뻔한데."

윤후의 말에 슬쩍 그의 곁으로 다가온 그녀가 나지막한 목소리로 속삭였다.

"가만히 있는 것보단 당신 말을 따르는 게 더 확률이 있어 보이니까요. 무엇보다 이들 중에선 사내 노릇 할 만한 위인이 보이지 않거든요. 계집들은 뗵뗵거릴 줄만 알지, 나 같은 여자가 없어요."

그녀의 목소리는 간간히 떨리고 있었다.

하지만 독기 서린 눈동자는 그녀의 의지를 엿보이게 했다.

그런 그녀의 뒤로 방금 전까지 벌벌 떨고 있던 영호인이 얼굴을 일그러트리며 소리쳤다.

"저년이?! 네가 이렇게 나와 다른 가문의 자제들을 모욕하고 나서 후일 온전히 세력이나 쌓을 수 있을 것 같냐!"

영호인의 말에 그녀가 표독스럽게 그를 쳐다보면서 말했다.

"생각이 바뀌었어. 그전까지 굴욕 좀 참으면, 훗날 너희들이 물려받을 세력 사이에서 얻을 득이 더 크다고 생각했는데. 이렇게 벌벌 떨고 있는 너희들 꼬락서니를 보자니 아무래도 내 생각이 틀린 듯해."

그녀의 말에 영호인이 이를 갈며 그녀를 쳐다보자, 그녀가 냉소를 띠며 말을 덧붙였다.

"너희들 같은 겁쟁이들은 세력을 물려받기도 전에 승냥이떼들에게 잡아먹힐 거야. 세상 이치가 다 그런 거란다, 애기야."

그녀의 말이 끝나는 사이, 윤후와 요화 그리고 마도호가 윤후의 양옆에 섰다.

윤후는 양손에 월양쌍륜검을 집어 든 채로 그들을 쳐다보지도 않고 입을 열었다.

"잘 들어. 나는 군무맹 세력에게 쫓기는 중이야. 그들은 이곳으로 올 거고 상황을 파악하고 이곳에 천라지망을 세울 거야. 그전에 놈들은 너희들을 전부 제거하고 자진하려 들겠지. 놈들이 원하는 건, 오로지 전쟁이니까."

이제는 모든 상황이, 그들이 전쟁을 원하고 있다고 말하고 있었다.

사마련과 군무맹 사이의 암묵적인 휴전이 모두 무효화로 돌아가고 간간히 음지에서만 벌어지던 전쟁이 양지에서 벌어질 게 빤했다.

그들이 원하는 바를 그대로 두고 볼 생각은 추호도 없었다. 어떻게든 그들이 원하는 의도를 막아야 했다.

윤후는 어느새 그토록 피하려 했던 대의(大義)라는 길을 자신이 원치 않음에도 불구하고, 걸어가고 있었다.

"저들이 원하는 게 전쟁이라는 걸 어떻게 알죠?"

그녀가 물었다.

하지만 윤후는 이 짧은 시간 동안 그가 겪어 온 모든 상황들을 정리해서 이야기해 줄 만큼 여유롭지 못했다.

"나중에. 못한 이야기를 하도록 하지."

그녀도 고개를 끄덕이는 것으로 대답을 대신했다.

그녀가 입을 다물자, 윤후가 다가오는 적들을 노려보며 계속해서 입을 뗐다.

이번에는 요화와 마도호에게만 들리는 전음이었다.

―놈들은 수적으로 우세하고 너희들보다 무력이 뛰어나. 분명, 내가 움직이면 내 발목을 잡을 거고 너희들을 쳐 내려고 할 거다. 하지만 나한테도 달리 방법은 없어. 내 손으로 열 손까지는 막아도, 열 손 이상의 공세는 막아 줄 수 없단 얘기야. 지금부터는 너희 둘의 힘이 필요해. 저들이 흩어지지 않게 인솔해 줘, 네가.

윤후가 요화에게 말했다.

그러고는 이어서 그의 시선이 굳게 입술을 닫고 있는 마도호를 향했다.

―선두는 내가 설 수 없어. 지금부터 나는 너희들을 쫓을 후열을 맡는다. 너희들이 포위망을 뚫기 위해 뛰기 시작하면, 내가 너희들을 뒤쫓는 놈들을 저지하면서 너희들을 따라갈 거야. 그 말은…… 곧 너희들 중 누군가가 선봉에 서서 포위망을 뚫어야 한다는 얘기지. 아니, 버티기만 해. 내가 너희를 쫓는 놈들을 제거할 동안이라도. 놈들은 목숨을 도외시하고 너희들을 제거하려 들 거야. 희생양이라는 생각이 들면, 그렇게 생각해도 좋아. 하지만 적어도…… 여기선 그 일을 할 사람이 너희들밖에 없다는 걸 인지해. 너희 둘이 하지 않으면 전부 죽는다.

윤후의 전음이 끝나고 요화는 동시에 입술을 깨물었다.

마도호도 마른침을 꿀꺽 삼켰다.

그런 둘에게 시선을 두지 않은 채, 윤후가 앞으로 한 걸음 나섰다.

적들은 그들을 기다려 주지 않았다. 윤후를 경계하면서도, 한 걸음씩 진군하며 숨통을 옥죌 준비를 하고 있었다.

—신호를 주면 뒤도 돌아보지 말고 인솔해서 뛰어.

윤후의 전음이 끝나자마자 요화가 물었다.

"당신은?"

"너나 걱정해."

윤후는 차가우리만치 딱 잘라 말하고 다가오는 적들을 향해 다시 걸음을 내딛었다.

그가 걸음을 내딛자마자 윤후의 월양쌍륜검이 빛을 내며 사위를 뒤덮었다.

쨍—!

귀곡성을 닮은 공명(共鳴)이 적들의 오금을 저리게 만들며 퍼져 나갔다.

공명과 함께 다가오던 적들 가운데 있던 철호도 도를 허공을 향해 번쩍 치켜들었다.

"움직인다."

호랑이의 낮은 울음소리를 닮은 철호의 목소리가 후기지

수들을 포위한 수하들에게 전해졌다.

그의 말이 끝나기 무섭게 다가오던 적들이 일제히 달려들었다.

윤후도 벌떼처럼 달려오는 적들을 기다렸다.

부채꼴처럼 영기와 내기가 섞인 검기가 검 끝에 모였다.

시현전신류(示現電神流),
육련(六練) 전신무려(電神舞麗)

공명을 내며 두 자루 검이 서로 부딪친 순간부터, 이미 영기와 내기는 서로 중첩되고 있었다.

"뛰어—!!"

사자후가 동시에 울려 퍼졌다. 철호가 터트린 짐승의 울음소리가 윤후의 귀곡성과 함께 뒤섞였다.

곧이어 윤후의 눈이 번뜩이고, 그가 들고 있던 두 자루 검에서 폭발과 함께 수십 줄의 검기가 사방팔방으로 뻗어졌다.

퍼져 가는 검기들이 거미줄처럼 엮여 퍼져 나가자, 쇄도하던 적들이 하얀빛으로 뒤덮였다.

멈칫한 적들과 함께 요화를 필두로 후기지수들이 빠르게 달리기 시작했다.

멍한 표정을 짓고 있던 후기지수들을 마도호가 챙겼다.

등 떠밀린 후기지수들은 먼저 앞으로 나서는 요화를 따라 이를 악물고 뛰기 시작했다.

윤후를 후방에 둔 채 뛰기 시작한 후기지수들의 앞으로 북쪽 방향을 포위하고 있던 아귀 가면들이 굶주린 승냥이처럼 달려들었다.

핏물이 뚝뚝 떨어지는 검을 휘두르는 적들을 향해 덤벼든 것은 선두에 있던 요화였다.

그녀는 이를 악문 채 머리를 젖히면서, 다가온 칼날을 피해 내며 쌍장을 뻗었다.

적들이 쉬이 쓰러질 거라고는 생각지 않았다.

하지만 지금 누군가는 이들의 포위망을 뚫고 앞으로 나아가야 했다.

그녀가 뻗어 낸 쌍장에서 피어오른 진기가 눈앞에 있던 적을 향해 날아갔다.

그녀를 향해 검을 휘두른 적의 눈동자의 비웃음이 담겼다. 그녀의 장력쯤이야 쉬이 베어 낼 수 있을 거라고 생각한 듯했다.

그때 그녀의 곁에서 그림자가 튀어나왔다. 그림자는 요화를 노린 검을 어깨로 받아 냈다.

"크읍!"

작은 신음성을 들을 겨를도 없이 요화는 쌍장을 내뻗었다.

졸지에 검을 빼앗긴 아귀 가면이 요화의 쌍장에 일격을 허용하고 실 끊어진 인형처럼 바닥에 고꾸라졌다.

"마도호—!"

이어서, 그녀의 시선이 자신 대신 검을 받아 낸 마도호에게 향했다.

입가에 선혈을 흘린 마도호가 괜찮은 척 웃어 보였다.

마도호는 지금 자신이 꿈을 꾸고 있는 것 같다는 생각이 들 만큼 정신이 아찔했다.

마도호는 이를 악물고 어깨에 박힌 검을 뽑아냈다.

"끄악—!"

비명과 함께 검을 뽑아낸 마도호가 거친 숨을 흘리며 자신을 쳐다보는 요화를 응시했다.

"시간이 없어요. 우린 계속 가야 합니다."

마도호는 재빨리 소매를 찢어 손을 감았다. 제대로 잡을 수 없는 검을 잡고서라도, 싸우겠다는 의지였다.

하지만 그보다 그의 시선은 온통 요화를 향해 있었다.

'당신은 알까, 내가 당신을 사랑한다는걸.'

꽤 오랫동안 지켜보았다.

그리고 그녀가 한 상단의 주인이 될 거라는 것도 알고 있었다.

무엇보다 그녀가 평생을 그 일만 생각하며 살아왔고, 앞으로도 그 일만 해 나가며 살아갈 것이라는 것 또한 그녀의 입으로 직접 들었다.

그녀에게 사랑 같은 건 사치처럼 보였다.

하지만 마도호는 상관없었다.

그녀에게 사랑 받는 것 따윈 생각하지 않을 정도로 늘 가시를 세우고 있는 그녀가 궁금했고 궁금할수록 마음은 더 깊어졌다.

오늘 그녀를 지키고 싶은 마음은 마도호라는 사람을 변화시켰다.

늘 조용하고 과묵하던 그의 변화는 결국 요화를 지키고자 하는 마음에서부터 시작된 것이다.

그는 찰나간 피어오른 생각을 접고는 쓰게 웃었다. 이곳에서 살아난다면 반드시 말하리라, 당신을 사랑한다고.

그때 그들의 뒤에서 헐레벌떡 쫓아오던 영호인이 눈알을

굴리며 외쳤다.

"우린 죽을 거야. 다 죽을 거라고."

나름대로 후기지수 중에 발군의 실력을 가진 녀석이었건만, 진짜 실력자들 앞에서는 징징거리는 아이나 다름없었다. 영호인의 말에 마도호가 갑자기 영호인에게 다가와 그의 뺨을 후려쳤다.

짜악—!

갑작스런 상황에 영호인의 잿빛 눈동자가 멍해졌다.

마도호는 영호인이 정신 차리기를 기다리지 않고 입을 열었다.

"목숨을 다해 싸우고 있어. 계속 징징거릴 거라면 차라리 나가서 싸우다가 뒈져. 어차피 네가 살아가야 할 강호란 이런 거니까! 마주할 자신 없으면, 지금 죽는 게 더 현명할지도 모르지."

후기지수들 사이에서 조용하고 과묵한 것으로 유명하던 마도호였기에, 그의 갑작스러운 행동은 지켜보던 후기지수들을 모두 놀라게 만들었다.

마도호는 멈추지 않고 앞으로 나가 요화의 곁에 서서 검을 치켜들었다.

"어서요! 우린 이들을 인솔해야 합니다. 지금, 그는 우릴 위해 싸우고 있어요."

　마도호의 시선이 후미에서 그들을 지키며 쫓아오는 윤후를 향했다.

2장

중첩된 칼

백리서린(伯籬瑞鱗).

무남독녀(無男獨女).
부(父) 백리장천(伯籬張天). 모(母) 팽련홍(彭憐虹)
백리명가(伯籬明家) 직계(直系),
홍명공검(鴻溟攻劒) 사사(師事)
절정고수(絶頂高手), 타고난 상재(商材)를 바탕으로
군무맹 최연소 군금팔방(群金八房)의 방주(房主) 발탁.
사방주(四房主) 혹은, 금세파랑(金世波浪).
하남성 일대 상권의 균형추(均衡錘).
나이…….
이하 생략.

"벌써 나이가 서른입니다, 아가씨. 사내들이 군무맹 담 장을 넘어 수십 줄에 이르렀던 그 좋던 시절도 다 가고 있 다는 말씀이지요."

흔들리는 마차 안에 그녀와 마주 앉아 있던 와삼이 무미 건조한 표정으로 입을 열었다.

와삼의 말을 들은 척도 하지 않은 채, 열려 있던 마차 창문으로 손을 내밀며 바람을 느끼던 그녀가 마차 안으로 새어 들어온 눈부신 햇살과 함께 눈웃음을 지었다.

"……그렇게 감정 없는 얼굴로 걱정해 봤자, 전혀 와 닿지 않거든요."

"제가 누누이 말씀드리자면 이건 병의 일종입니다. 남의 병을 꼬집어 놀리시는 치졸한 짓을 하고 계시는 거라 이 말씀입니다."

딱딱하게 굳은 표정의 와삼은 늘 표정이 그러했다.

어릴 적, 와삼이 미친개에게 안면을 물렸을 때 살점이 뜯겨 나가고 난 후부터 늘 그랬다고 한다.

무엇 때문인지는 모르지만, 별다른 치료 방법이 없다고 하니 그때부터 와삼은 딱딱한 표정의 대표적 인물이 되었다.

덕분에 칼끝에 선 이 강호에서 속내를 보이지 않는 이점은 얻은 셈이다.

그녀가 와삼을 신용하는 것도 그러한 맥락에서였다.

와삼의 성정은 한번 흘러 들어간 말을 입 밖에 내지 않았고, 할 말과 하지 않을 말을 구분할 줄 알았다.

더구나 어떤 큰일이 일어나도 표정이 바뀌지 않으니 상인으로서 갖춰야 할 덕목은 모두 갖춘 셈이다.

그녀는 그런 와삼이 좋았다.

적어도 힘든 장삿길 속에서 든든히 가족처럼 곁을 지켜 주고 말동무까지 해 주는 와삼은 그녀에게 큰 보물이나 다름없었다.

그런 와삼에게 환한 미소를 지어 준 그녀는 재차 입을 열었다.

"아재도 올해면 마흔이에요. 기보상단(器步商團)의 백 단장께서 꽤나 눈치를 보시던데."

백 단장은 와삼에게 오래전부터 추파를 던져 온 마흔이 넘은 기녀 출신 여상이었다.

한 상단의 단장이 되려면 수많은 굴곡이 있어야 한다.

더욱이 기녀 출신에, 여인의 몸으로 한 거대 상단의 진 정한 주인이 된 그녀는 분명 상재가 뛰어난 여인이었다.

여인의 몸으로서도 상단을 이끄는 공통점 때문인지 깐깐 한 성정의 그녀는 유독, 백리서린과 많은 거래를 해 왔고, 군무맹에서 독자적으로 이끄는 상단에 긍정적으로 도움을 주는 협력적 관계이기도 했다.

그녀의 얘기를 꺼내자 와삼의 눈썹이 처음으로 꿈틀거렸 다.

마치 폐부에 칼이라도 찔린 사람처럼 슬쩍 고개를 돌리 는 그의 눈동자는 많은 의미를 포함하고 있었다.

백리서린이 장난 섞인 얼굴로 재차 입을 뗐다.

"아재, 얘기해 봐요. 응? 더 얘기해 봐."

꿀 먹은 벙어리가 되어 버린 와삼에게 농을 치며 웃음을 터트리던 백리서린이 일순 와삼이 있는 반대편 좌석을 향해 균형을 잃고 휘청거렸다.

동시에 마차 안쪽으로 불룩한 것이 마차 벽을 뚫고 움푹 파고들었다.

커다란 돌 같았다.

잠깐 사이에 왼발을 뒤로 뻗어 허리를 젖힌 와삼이 빠르게 백리서린에게 소리쳤다.

"아가씨!"

마차 외벽을 뚫고 튀어나온 건 돌부리였다. 언덕 너머에서 커다란 돌이 굴러 떨어진 것이다.

분명히 백리서린의 마차 이동로를 노리고 한 움직임이었다.

백리서린은 그 짧은 시간 많은 것들을 고민했다.

이번 여로는 많은 이들의 귀에 들어가지 않은 극비(極秘)였다.

호위를 달고 가라는 아버지의 말까지 뿌리쳐 가며, 조용조용히 다녀오겠다며 강행한 일이었기 때문이다.

비밀에 붙여서 남모르게 다녀오면 될 일이라고 생각했었다.

그런데, 아무래도 그 정보가 음지의 어느 곳으로 새어

들어간 게 분명했다.

그게 아니라면 내부의 적이 있거나.

이를 악다문 그녀는 밖에서 말을 몰던 마부가 비명을 지르는 소리를 들었다.

아마도 돌이 마차를 치면서 마차 밖으로 떨어져 버린 게 분명했다.

산비탈 쪽으로 기울어진 마차 천장을 그녀의 검이 빠르게 꿰뚫었다.

쐐액—!

그녀가 검을 휘두르자 마차 외벽이 뚫리고, 뚫린 외벽으로 그녀와 와섬이 빠르게 뛰어올랐다.

밖으로 나서자 주변을 처참했다.

마부는 피투성이가 된 채 바닥에 널브러져 있었고 부서져 버린 마차는 기울어져 있었다.

쐐앵—!

두 사람이 기울어진 마차에 균형을 잡고 올라서자마자 사방에서 화살이 날아왔다.

와삼과 그녀를 그 와중에 서로 마차 바깥으로 뛰어내리며 화살을 쳐 냈다.

각자 검을 뽑아든 둘은 화살을 쳐 내며 다시 서로의 등을 기댔다.

잇달아 언덕 바깥에서 그들을 노리고 있던 궁사(弓師)들이 나타났다.

그들은 날카로운 시선으로 그녀와 와삼을 노렸다.

"하."

그녀는 이미 사방을 둘러싼 적들을 보며 헛웃음을 지었다.

적들은 기묘한 느낌의 가면을 뒤집어쓰고 있었다.

저마다 아귀 가면을 뒤집어쓴 적들을 향해 그녀가 이죽거렸다.

"어지간히 겁이 나는 모양이에요. 조잡스러운 가면이나 뒤집어쓰고 있는 걸 보면."

"……소인이 길을 열겠습니다, 아가씨."

"무리하지 말아요. 우린 같이 나갈 거니까."

그녀가 날카로운 눈동자로 자신을 둘러싼 무리들 중 수장을 빠르게 찾기 시작했다.

수장들이 모습을 감출 리 없었다.

어디선가 이 상황을 즐기며 방관하고 있을 것이다.

"이봐! 쪽수도 많은데, 한바탕 하기 전에 얘기 좀 잠깐 할까!"

호탕한 그녀의 목소리에 북쪽을 포위하고 있던 일단의 아귀 가면들이 반으로 갈라졌다.

그 틈으로 지팡이를 짚고 노인이 걸어 나오기 시작했다.

한 발자국, 한 발자국 느리게 걸어 나온 노인은 검버섯 핀 얼굴을 찌그러트리며 웃었다.

축 늘어진 피부와는 달리, 팽팽한 흑발을 늘어뜨린 노인은 그녀를 향해 혀를 핥으며 입을 열었다.

"고년, 먹음직스럽기도 하다."

"감히, 이분이 누구신지 알고."

와삼의 눈동자에 불똥이 튀었다.

눈을 부릅뜬 그를 바라보면서, 노인 흑로는 낮게 혀를 찼다.

"주제도 모르는 놈 같으니라고."

흑로는 독문병기 흑조(黑爪)를 소매에 감춘 채 희번덕거리는 눈동자를 굴렸다.

굴리는 그의 눈동자를 마주 본 그녀가 곁에 서 있던 와삼을 옆으로 밀어내면서 말했다.

"아재, 저 사람들 이미 내가 공녀라는 걸 알아요. 굳이 신분 밝힐 필요 없어요. 그렇지?"

눈을 가늘게 뜨며 묻는 그녀에게 흑로가 짐승이 낮게 그르렁대는 듯한 소리를 냈다.

"……선우씨가 직계가 없어 가장 현명했던 백리가를 택했다던데. 과연, 주제 파악이 빠르구나."

흑로는 마치 그녀를 놀리듯 비아냥거렸다. 비아냥거리는 그를 말없이 노려보던 그녀가 무겁게 입을 뗐다.

"말 많은 사내치고 온전한 놈이 없던데."

그녀가 슬쩍 흑로의 아랫도리를 쳐다봤다.

그녀의 도발에 와삼이 무미건조한 표정으로 나지막이 속삭였다.

"아가씨, 그건 좀."

어릴 때부터, 의리는 지독하지만 막말 좋아하는 왈패들을 포함해 염왕채를 다루는 상인까지 그녀는 많은 인간 군상들을 아울렀다.

제대로 된 상인이 되고자 한다면 인간이란 동물을 이해해야 한다면서 그녀가 잠시 모셨던 오 단장이 했었던 말이다.

오 단장은 현재 일선에 물러나, 그가 지니고 있던 재산을 전부 나누었다.

누구에게도 물려주지 않고 자신이 평생 벌어들인 재산을

그 재산을 얻게 만들어 준 군민들과 함께 나눈 것이다.

그런 그를 그녀도 감복했다. 그리고 그의 발자취를 따라 걷기를 원했다.

하여 지금의 그녀는 군무맹 맹주의 비호를 받는 딸이 아닌, 한 명의 대상이 되었다.

그런 그녀가 상인이 되기 전보다 거칠어진 건 당연한 수순이리라.

언사, 성정 모든 것이 공녀로 보이지는 않았다.

공녀의 후광을 받은 채로 상인이 된 것이 아니라, 상인이 된 후에 날개를 얻은 셈이기 때문이다.

바람이 불면 당장이라도 날아갈 듯, 몸은 하늘하늘하고 자태는 화용월태(花容月態)와 같았어도 그녀의 눈동자에는 독기 있고, 위엄이 있었다.

밑바닥 인생에서 올라온 끈기와 독기는 그녀를 더 단단하게 완성시켰으며, 선천적으로 타고 난 제왕지기는 적들이 쉬이 그녀에게 다가오지 못하게 했다.

적진이나 다름없이 사위가 포위되어 있는 상황에서 이렇게 여유롭게 너스레를 떨 수 있는 배짱은 아무나 부릴 수 있는 것이 아니었다.

"끝이더냐."

그녀의 직설적인 도발에도 흑로는 별반 반응이 없었다.

"이제 시작인걸."

그녀가 지지 않고 응수했다.

"하면, 네년이 입을 더 놀리기 전에 베어야겠구나. 너는 새로운 세상을 위해 시작될 거사의 재물이 될 것이야."

"……너희들 사마련, 아니구나."

그녀는 흑로의 말이 떨어지기 무섭게 가늘게 뜨고 있던 눈을 빛냈다.

흑로가 한 발자국 내딛자, 쿵 하는 소리가 울렸다. 기가 실린 발이 바닥을 구르자 먼지바람이 피어올랐다.

먼지바람 속에서 흑로의 신형이 앞을 향해 쇄도했다.

그 뒤를 아귀 가면들이 사방으로 빠르게 흩어졌다.

하나, 흩어졌던 그들은 새로 포위망을 구축하며 그녀와 와삼을 더 압박했다.

다시 쏘아지는 화살들과 함께 그녀의 코앞으로 흑로의 흑조가 먼지를 뚫고 뻗어졌다.

재빨리 검을 곧추 세운 그녀가 급히 와삼을 향해 외쳤다.

"……반드시 살아나가야겠어요! 이건, 보통 일이 아니에요."

그녀는 직감적으로 느꼈다.

새로운 전쟁이 시작될 거라는 걸.

그리고 그 전쟁의 소리 없는 시작은 자신의 죽음으로부터일 것이다.

그녀는 그래서 살아남아야만 했다.

이곳에서.

하나, 지옥의 늪에 서 있는 것은 그들뿐만이 아니었다.

"끄악—!"

윤후의 적양이 정확히 아귀 가면의 안면을 꿰뚫었다.

그의 두 자루 검은 자비가 없었다.

윤후의 검은 눈동자가 향할 때마다 적들이 지푸라기처럼 쓰러졌다.

"단 한 명도, 살아 돌아갈 수 없을 것이다."

철호가 자신의 발밑에 툭 떨어지는 수하의 시신을 보고는 이를 갈았다.

"이미 너희들의 계획은 틀어졌어. 나로부터."

기다렸다는 양 윤후가 차갑게 대답했다.

그러자 철호의 눈동자에 조소가 섞였다.

"이미 너는 그분을 보지 않았느냐."

윤후의 상처가 다시 시큰거렸다.

철호가 말하는 '그분'. 그자야말로 윤후가 마지막까지 찾아야 할 이 모든 일의 열쇠였다.

"놈을 찾기 위해서라도, 널 산 채로 잡아야겠어."

윤후가 양 손에 쥔 월양쌍륜검을 고쳐 쥐며 다시 적들과 대치했다.

이미 몇 차례의 공방전을 지났다.

적들은 애당초 윤후의 개입을 예상치 못했고, 그의 뛰어난 실력에 서서히 기세가 제압당하고 있었다.

동시에 철호의 눈에 이채가 흘렀다.

철호가 수하들을 향해 이책(二策)을 명하자, 아귀 가면들이 등 뒤에서 쇠사슬이 달린 쇄겸(鎖鎌)을 뽑아 들었다.

잇달아 윤후를 둘러싸고 있던 스무 명의 아귀 가면들이 일제히 추가 달린 쇄겸을 던졌다.

허공을 뒤덮은 쇠사슬들이 마치 거미줄처럼 엮여 들며, 윤후의 사방을 뒤덮었다.

그사이 철호는 뒤로 빠져 후기지수들을 향해 내달리기 시작했다. 윤후를 상대하는 것보다 먼저 소기의 목적을 달성하려 다시 후기지수들을 향해 방향을 돌린 것이다.

윤후가 급히 철호의 뒤를 따라붙으려 하자 쇄겸들이 살아 있는 것처럼 윤후를 쫓았다. 둘러싸인 곳에서는 아무것도 할 수 없었다.

포위망을 풀어내는 것이 시급했다. 그러자 윤후의 눈동자에 푸른빛과 붉은빛이 재차 진하게 일렁였다.

펑―!

쏟아진 쇄겸들과 윤후의 두 자루 칼날이 부딪치자, 그 사이로 진공파가 피어올랐다.

피어오른 진공파와 함께 윤후의 두 자루 검날이 몰려든 쇄겸에 납작 깔렸다.

두 자루 검을 십자로 교차해 몸을 낮춘 윤후의 전신을 스무 개가 넘는 쇄겸이 뒤덮었다.

마치 윤후를 그대로 깔아뭉개 버릴 듯 벌떼처럼 내려찍힌 쇄겸들은 곧이어 윤후를 집어삼키듯, 그를 가뒀다.

윤후도 반격할 겨를이 없는 듯 쏟아진 쇄겸들을 받아 내며 몸을 더욱 낮췄다.

그때 윤후의 전신을 비늘처럼 뒤덮고 있던 쇄겸들 사이로 붉은빛이 하나둘씩 솟아오르기 시작했다.

시현전신류(示現電神流),

이련(二練) 와섬월벽(渦閃越霹)

윤후가 쇄겸들을 받아 내기 위해, 월양쌍륜검을 매개로 전신에 두른 호신강기는 단순한 호신강기가 아니었다.

일전에 철곤이 당한 수법이기도 했다.

쐐애애애액—!

가벼운 바람처럼 느껴졌지만, 적들은 자신들을 스쳐 지나가는 바람이 단순한 바람이라는 것을 얼마 지나지 않아 직감했다.

스쳐가는 바람들이 전부 쇄겸 아래 모습을 감춘 윤후를 중심으로 돌기 시작한 탓이다.

쾅—!

곧이어 눈 깜짝할 새, 호신강기 안에 팽창되고 있던 영기가 나선형(螺旋形)으로 주위 사방 기운으로 퍼졌다.

쐐애애애애액—!

마치 손톱 크기의 암기들이 사방으로 퍼져 나가듯, 깨어진 내기들과 뒤섞인 영기들이 폭발했다.

잔인하리만치 무서운 폭발력이었다.

영기와 내기가 뒤섞인 검기들은 회오리가 돌 듯, 나선형으로 사방으로 터져 나갔다. 적들은 비명을 지를 새도 없었다.

눈 깜짝할 새 휘몰아친 윤후의 폭검(暴劍)은 방금 전까지만 해도 기세등등하던 적들을 순식간에 지푸라기처럼 쓰러지게 만들었다.

제대로 형체조차 남기지 못하고 고깃덩어리가 되어 버린 적들이 널브러진 쇄겸과 함께 사방에 퍼져 있었다.

윤후는 그 가운데 다시 일어나며, 피로 젖은 얼굴을 소매로 닦아냈다.

손끝에 흘러내리는 핏방울이 무겁게 느껴졌다.

강호를 벗어나기란, 사부의 말대로 불가능한 일이었던 것인지도 모른다.

하지만 이거 하나만은 지금 이 순간, 확실했다.

이 모든 일들을 되돌릴 수는 없다는 것.

형이라는 등불을 잃어버린 지금, 할 수 있는 건 그저 불투명한 미래 앞으로 나아가는 일밖에 없었다.

오늘은 유독 놈이 남긴 흉터가 시큰거렸다.

"너희들은 나를 절대 막지 못해. 난…… 이미 내 모든 걸 잃었어. 이젠 너희들 차례야."

적들의 널브러진 시신들을 짓밟고 앞으로 땅을 박찬 윤후의 눈에 독기가 일렁였다.

철호는 눈 깜짝할 새 남은 수하들마저 쓰러트리고, 자신을 뒤쫓는 윤후를 발견했다.

'대업을 위해서라면.'

주인의 대업을 위해서 목숨을 바칠 각오는 항상 있었다. 그리고 오늘이 그 자리의 마지막이었다.

철호는 뒤쫓아오는 윤후는 신경 쓰지 않고 북쪽 포위를 맡고 있던 수하들의 중심으로 땅을 박찼다.

때마침 아귀 가면과 혈투를 벌이던 마도호가 검을 피하던 와중에, 발을 헛디뎌 바닥에 쓰러졌다.

네 걸음 가량 떨어져 있던 요화의 시선이 마도호에게 빼앗겼다.

동시에 그녀는 보지 못했다. 잠시 바닥을 나뒹군 마도호에게 시선을 빼앗긴 탓에 어느새 다가온 철호를 보지 못한 것이다.

윤후가 수하들에게 발목이 잡혀 있는 동안 나머지 후기지수들을 전부 도륙하기 위해 다가온 그의 도는 매서울 뿐 아니라 쾌속하기까지 했다.

당장 그녀의 목이 잘려 나갈 듯 무섭게 다가섰다.

"안 돼—!"

자신을 밀쳐 내는 그녀의 양어깨를 잡아챈 마도호는 재빨리 허리를 꺾으며 철호가 있는 방향으로 다시 자신의 몸을 돌렸다.

덕분에 쇄도한 철호의 도는 요화가 아닌 마도호의 등가죽을 찢었다.

쐐액—!

튀어 오르는 핏물과 함께 요화의 눈이 부릅 뜨였다.

"왜?"

그녀는 쓰러져 가는 마도호를 급히 안아 들며 멍한 표정을 지었다.

마도호가 왜 자신을 위해 목숨을 걸었는지, 그녀는 전혀 이해할 수가 없었다.

갑자기 둔기로 뒤통수라도 맞은 양, 그녀는 심장이 멎는 것 같은 기분을 느껴야 했다.

동시에 철호는 쓰러져 가는 마도호와 함께 도를 앞으로 내찔러 갔다. 마도호를 끌어안은 요화를 함께 꿰뚫어 버릴 요량이었다.

요화는 어찌할 바를 몰랐다.

자신이 안아 든 마도호를 그저 꽉 끌어안을 뿐이었다.

그 순간, 그림자 하나가 포근하게 그들을 감싸 안았다.

쐐액―!

짙은 혈향을 몰고 온 그림자는 두 자루 검을 사방으로
휘둘렀다.

검영이 사위를 뒤덮자, 살기로 가득하던 커다란 도가 튕
겨졌다.

튕겨 나간 도와 함께 철호가 세 걸음 물러나자, 윤후가
두 자루 검을 교차하듯 사선으로 땅바닥을 향해 내리그었
다.

두 자루 검이 일으킨 검풍이 바닥에 그어지자 커다란 일
자(一字)가 적들과 윤후 앞을 가로질렀다.

한 획으로 그어진 일자 앞에 나란히 선 윤후가 핏물이
뚝뚝 흐르고 있는 월양쌍륜검을 늘어뜨린 채 무겁게 입을
열었다.

"더…… 앞으로 갈 수 없을 것이다."

혈인(血人)이나 다름없게 된 윤후의 목소리였다.

철호마저도 윤후의 기세에 짓눌렸다.

스무 명의 후기지수들보다 훨씬 많은 숫자의 수하들이
이미 윤후의 검에 쓰러져 나간 탓이다.

윤후는 마도호와 요화에게 한 약조를 지켰다.

그들의 뒤를 따라붙는 적들을 철호를 제외하고 전부 막

아 준 것이다.

북을 제외한 동, 서, 남 방향의 모든 아귀 가면들은 이제 싸늘한 시신이 되어 있었다.

철호에게는 설상가상이나 다름없었다.

후기지수들도 전부 제거하지 못했고 곧 군무맹의 병력이 들이닥칠 게 빤했다.

하나, 다른 방법이 없었다.

윤후는 여전히 수문장처럼 살아남은 후기지수들을 등 뒤에 세워뒀다.

남은 건 윤후를 뚫는 길밖에 없었다.

이윽고 철호에게 월양쌍륜검을 겨눈 윤후의 눈동자가 고요하게 가라앉았다.

철호도 더 이상 피할 생각이 없는 듯 자신이 쥐고 있던 도를 늘어뜨리며 윤후를 노려봤다.

둘 모두 더 이상 물러설 곳도, 피할 곳도 없었다.

어쨌든 칼자루는 사실 윤후가 잡은 셈이었다.

적어도 군무맹이 온다면 윤후는 원하는 목적을 이룰 수 있었다.

후기지수들이 전부 철호에게 목이 잘리기 전에 지켜 내는 것.

철호는 자신과 마주한 윤후를 향해 도를 겨눴다.

"주인께서는 너를 한차례 살려 주셨다. 한데 어찌하여 계속 대업을 방해하는가."

철호의 말에 혈인이 된 윤후가 날선 월양쌍륜검을 겨누며 대답했다.

"형이 죽었어, 그 빌어먹을 대업이란 것 때문에. 애초…… 날 한쪽은 죽어야 할 전쟁에 참여시킨 건 너희다. 이젠 못 멈춰. 너희들이 모시는 거 주인이 죽거나, 아니면 내가……."

말끝을 흐린 윤후가 땅을 박차며 뒷말을 덧붙였다.

"죽거나!"

쐐액―!

번쩍거리는 섬광과 함께 윤후의 두 자루 검날이 허공을 노닐었다.

내기와 영기가 뒤섞여 팽창된 두 가지 기운이 양손을 타고 월양쌍륜검에 흘러들었다.

기운이 강해질수록, 윤후의 후광에 서린 나찰의 형상은 뚜렷해졌다.

목숨을 건 자는, 똑같이 삶을 내던진 칼날을 알아볼 수 있다.

철호는 자신이 상대하고 있는 윤후에게서 자신과 비슷한 냄새를 맡았다. 마치 자신이 모시는 주인을 처음 봤던 것처럼.

그래서 철호는 물러설 수 없었다.

목숨을 다해, 이 를 막아야 한다는 일념이 그의 뇌리를 가득 채웠다.

어떻게든 놈을 자르지 않으면 언젠가 후환이 될 자였다.

주인은 그의 끈이 어디로 통하는지 좀 더 확실한 증좌를 잡기 위해 살려두라 명령했지만, 철호는 그에게서 위험한 직감을 느꼈다.

하여 모든 일념을 다한 철호의 기운이 도끝에 서렸다. 일격필살의 기운이 도끝에 서리자, 도풍이 휘몰아칠 때마다 사방의 바닥이 구덩이처럼 패였다. 구덩이처럼 파이는 곳곳마다 기의 회오리가 몰아쳤다. 철호는 그 여세를 몰아 윤후의 사지를 향해 우도(右刀)를 몰아쳤다.

사양도(死兩刀).

사령천도(死靈天道).

사양도라 명명지은 철호의 도가 잠시 뒤로 후퇴했다가 별안간 돌진해 왔다.

죽은 자의 령을 하늘의 길에 뿌리듯, 숨겨져 있던 철호의 좌검이 우도와 함께 윤후의 전신을 휩쓸었다.

계속 방어 태세를 취하던 윤후의 눈이 반짝인 것과 동시였다.

윤후의 발끝이 철호의 기압 안으로 파고들었다.

기압 안으로 파고든 윤후와 함께 두 자루 검날이 반짝였다.

시현전신류(示現電神流),
육련(六練) 전신무려(電神舞麗)

철호의 기압은 온전히 내력으로 펼쳐져 있었다.

내력으로 펼쳐진 그물 속에서 극한의 영기를 일으키면, 영기는 내력과의 충돌로 폭발한다.

그 순간, 내기를 기반으로 한 호신강기를 일으키면 윤후의 몸 자체가 폭발의 중심이 되는 셈이다.

폭풍이 일어났을 때 그 중심이 오히려 고요하듯이, 폭발의 여파를 안에서 바깥으로 밀쳐 낸다면 모든 충격은 바깥에 있는 철호에게 향하게 된다.

엄청난 폭발력을 가지는 진천뢰 스무 탄이 동시에 터져야 가질 수 있는 위력 같았다.

단숨에 기의 여파를 온몸으로 맞은 철호가 발악 섞인 기합과 함께 하얀빛으로 뒤섞였다.

둘의 격돌은 어마어마한 기파를 형성했다.

번개처럼 사방으로 튀어나간 기파에 후기지수들은 물론이거니와, 열 명 가량의 아귀 가면들도 비틀거려야 했다.

그리고 검기의 폭발로 말미암은 하얀빛이 사그라지자 주변 경관이 확연히 드러났다.

땅바닥에 기형적으로 팔과 다리가 꺾인 철호는 사람의 형상으로 볼 수 없게끔, 온몸이 다진 고깃덩어리처럼 움푹 패여 있었다.

폭발의 위력이 전부 그의 전신에 쏠린 까닭이었다.

아귀 가면들은 자신들이 따르던 우두머리가 목숨을 잃었음에도, 쉬이 동요하지 않았다.

오히려 방향을 틀어 끝까지 후기지수들을 물고 늘어지려 했다.

하지만 이미 기세가 오른 후기지수들은 득달같이 달려드

는 아귀 가면들에 당당하게 맞섰다.

더불어 철호를 쓰러트린 윤후가 그들의 앞을 가로막았다.

윤후의 두 자루 검은, 결코 부러지지 않을 것처럼 빛났다. 그는 남아 있는 아귀 가면들을 향해 무겁게 입을 열었다.

"투항하지 마. 받아 줄 생각도 없었으니까."

재차 말을 덧붙인 윤후가 땅을 박찼다. 그 순간, 어디선가 날아온 지풍이 아귀 가면 하나의 목덜미를 정확히 꿰뚫었다.

윤후의 시선이 빠르게 지풍이 날아온 곳을 향해 옮겨졌다.

그의 시야가 닿은 곳에는 가라앉은 눈빛으로 윤후를 바라보고 있는 고태상이 서 있었다.

"……육공."

"그 자리에 멈춰 서거라, 죄인이여."

윤후와 시선을 마주한 고태상이 살기로 번뜩이는 눈동자로 입을 열었다.

하지만 윤후는 그의 뜻대로 순순히 움직여 줄 생각이 없었다. 이윽고 윤후가 고태상과 자신 사이에 위치한 아귀 가면들을 가리키며 입을 열었다.

"나만 죄인은 아닐 텐데…… 그렇지 않소?"

윤후의 나지막한 물음에 고태상은 대답 대신, 남은 적들을 가리키며 입을 뗐다.

"쳐라."

고태상의 말이 끝나기 무섭게 그의 등 뒤에 도열하고 있던 무인들이 남은 아귀 가면들을 향해 빠르게 땅을 박찼다.

* * *

같은 시각, 적우는 포승줄에 묶여 군무맹 본 청으로 압송되어 가고 있었다.

적우가 자수하고 난 뒤 상황은 복잡해졌다.

적우는 철곤에 관한 이야기를 고태상에게 털어놓았고, 고태상은 지금껏 막역하게 지내 오던 오추를 비롯한 정읍과 주필을 의심의 눈동자로 보게 됐다.

적우의 말이 사실로 판명되기 전까지, 그들을 전부 포박하기로 결정한 것이다.

고태상은 어찌 됐건, 계속 윤후를 쫓아야 했기에 데리고 있던 병력들을 반으로 쪼개 적우를 비롯한, 의심이 가는 철만상가 식솔들 전부를 뇌옥으로 이송시켰다.

이 와중에 적우는 분명 철곤과 관련이 있는 세 사람에 대해서 어떤 언급도 하지 않았다.

오로지 철곤이 사마련의 하수인이었다는 정황만 고태상에게 언급했을 뿐이었다.

이후 사마련과 관계가 있는 것으로 의심되는 이들과 함께 강제로 내력을 차단시키는 산공독을 먹은 뒤, 함께 줄에 매달려 끌려가던 적우가 자신의 앞에서 걸음을 옮기던 정읍을 향해 나지막한 목소리로 속삭였다.

"고맙지 않소?"

적우의 말이 끝나기 무섭게, 정읍의 어깨가 살짝 떨렸다.

그들을 둘러싸 호송하고 있던 군무맹 무인들이 날카로운 눈빛으로 입을 여는 적우를 노려봤다.

적우는 그들의 시선이 닿자, 빠르게 입을 닫으며 히죽거렸다. 히죽거리며 웃는 적우의 표정과는 달리 정읍의 얼굴은 잿빛으로 물들어 있었다.

정읍뿐 아니라 적우의 말을 곁에서 함께 듣게 된 오추와 주필의 얼굴도 각각 붉어지고 일그러져 있었다.

그들은 아직 할 이야기가 남은 듯했지만 지켜보는 이송 병력 때문에 입도 벙긋하지 못했다.

그사이 적우는 먼저 앞장서서 걸어가고 있는 그들을 깊게 가라앉은 눈빛으로 응시하고 있었다.

3장
원한(怨恨)

삼공(三公) 영랑교.

수파절령도(水波切靈刀)의 절기를 완성한 인물.

수파절령도는 물살이 부서져 쏟아지듯, 쾌검과 환검이 절묘하게 뒤섞인 절기.

그의 무위는 초절정에 머물러 있다. 하나, 그가 무서운 것은 연배를 먹은 만큼 방대한 인맥이다.

군무맹 구석구석, 그의 발이 닿지 않은 곳은 없다. 무위가 원로 내부에서도 출중하고 야심이 많은 고태상이 만태상을 제외하고 가장 꺼려하는 인물이 바로 영랑교일 만큼, 그의 영향력은 원로의 수장인 만태원도 쉬이 누르지 못할 정도로 막강하다는 말이 어울렸다.

본래 적우가 이야기한 것이 함정이든 아니든 간에 고태상은 가야 했었다.

　수뇌들의 자제가 만약 이 모든 사태의 희생양이 된다면 이번 일의 책임자인 그 또한 다른 수뇌들의 문책을 피하지 못할 게 빤했기 때문이다.

　보통은 문책이라고 해 봐야 별 탈 없이 쉬엄쉬엄 넘어가겠지만, 이번에는 사안이 달랐다.

　실제로 사마련이 가담했을 경우가 높고 다들 그렇게 추측하고 있는 사안이었다.

　이러한 상황 속에서 고태상은 스스로의 위치를 위해서라

도, 예민하게 움직여야 했다.

'현재 본청 병력은 아직 오려면 멀었다.'

다른 공급 인사가 병력들을 꾸리고 나왔을 것이라 고태상은 추측했다.

그전까지 얼추 상황을 마무리는 지어야 했다.

그래야 최소한의 체면을 설 테니 그나마 할 말이 있었다.

때문에 고태상은 병력을 반으로 나눠 적우를 포함한 철곤과 관련이 있을 법한 자들을 본청으로 압송시켜 보냈고, 남은 병력들을 끌고 윤후를 쫓아 홍석협까지 온 것이다.

그리고 아귀 가면들을 전부 처리한 지금, 고태상은 윤후에게 듣고 싶은 이야기가 꽤나 많았다.

"……조용히 가자꾸나."

마지막 아귀 가면이 쓰러지고 나서야 윤후는 깊은 숨을 몰아쉬었다. 하지만 이곳에서 머무를 생각은 추호도 없었다.

윤후는 자신을 바라보는 고태상을 향해 다시 말문을 열었다.

"아직은 아니 되오."

핏물이 온몸이 젖은 윤후의 대답에 고태상이 협박하듯 입을 열었다.

"너는 옥에서 무단으로 탈출했고 군무맹의 법도를 어지럽혔다. 삼외옥 사건에 연루되어 있으며, 연루된 삼외옥 사건을 제외하더라도 본 맹과 공식적인 연합 체계에 있는 철만상가를 건드리는 것에 대해서는 죄를 인정해야만 할 것이다."

"나는 이미 말했소. 아직은…… 당신을 따라갈 수 없다고."

"허락할 수 없다."

"육공의 허락을 받으려 말한 것이 아니오."

"감히……!"

고태상의 수염이 파르르 떨렸다. 윤후의 태도가 오만방자하게만 들린 까닭이다.

하지만 그 와중에도 고태상의 뇌리에는 윤후가 현재 처한 상황에 대한 의아함이 있었다.

이 상황을 정리하기 위해서라도, 고태상은 윤후를 데려가야만 했다. 윤후는 그런 고태상은 아랑곳 않고 계속 입을 열었다.

"공녀가 위험합니다."

"확실하지 않다. 필요한 정보는 내가 원하는 시간에, 원하는 장소에서 말하도록 해라."

고태상은 윤후의 뜻대로 움직여 줄 생각이 전혀 없었다. 그건 자신의 위신이 달린 일이기도 했다.

지금까지도 윤후가 멋대로 움직이는 데 아무런 제지도 하지 못했기에, 이번에도 순순히 윤후를 놔주는 것은 군무맹의 원로로서 용납할 수 없었던 것이다.

설사 공녀의 안위가 실제로도 위험하다 하더라도, 그건 그때 가서 처리하면 될 일이라고 고태상은 생각했다.

윤후는 고태상이 자신을 막는 이유에 대해서 대강은 짐작했다.

군무맹의 원로라는 자리는 군무맹의 위신 또한 책임지는 직책일 터, 죄인으로 추정되는 자신을 함부로 놔주었다가는 도리어 그것이 고태상에게 비수로 돌아갈 수 있을 가능성이 있었다.

하여 윤후 또한 고태상이 자신을 순순히 보내 줄 거라는 생각은 애초 하지도 않았었다. 그저 예상이 현실에 들어맞은 것뿐이었다.

"비켜서지 않겠다면, 나는 싸울 수밖에 없을 겁니다."

두 자루 월양쌍륜검을 양손에 쥔 채 우두커니 서 있는

윤후의 모습은 위협적이었다.

그가 풍기는 짙은 혈향에 의해 장내에 있던 군무맹의 무인들이 부채꼴 대열에서 윤후를 포위하는 태세로 바뀌어 갔다.

그러자 윤후와 함께 싸워 온 요화가 달려와 윤후의 앞을 가로막았다.

"강호 말학이 육공을 뵙습니다. 여기 백 교관은 여기 있는 후기지수들을……"

"이름이 무엇이냐."

"기보상단의 후학, 요화입니다."

"기보상단의 후학이 나설 일이 아니다. 본 맹의 위신이 걸려 있는 일이다."

고태상은 단호하게 요화의 이야기를 잘라 냈다.

입술을 꽉 깨문 요화는 힐끗 자신의 뒤에 선 윤후를 쳐다봤다.

아무 말 않고 서 있던 윤후가 요화의 어깨에 손을 올렸다.

"그만하면 되었어. 부상자를 살펴, 특히 저 친구."

윤후가 피를 흘린 채 사경을 헤매고 있던 마도호를 응시했다.

그녀의 시선 또한 마도호에게 계속해서 향해 있었다.

자신 대신 목숨을 던진 마도호가 염려된 것은 마찬가지였기 때문이다.

하지만 누군가는 윤후의 행적을 말해 주어야 한다고 생각했다.

그녀가 어깨에 손을 얹은 윤후의 손을 가만히 응시했다.

"나와 연루되면, 너도 무사치 못해. 그러니 물러나."

윤후는 그 말을 끝으로 요화의 등 뒤에서 걸어 나왔다.

"너의 공로는 인정한다."

그때 고태상이 갑작스럽게 말문을 열었다.

그 또한 시끄럽게 윤후를 추포할 생각이 없는 듯 계속해서 말을 덧붙여 갔다.

"하지만 계속 말했듯이, 현재 불미스러운 모든 상황들에 네가 연루되지 않은 것이 없다는 건 인정해야 할 것이다. 너는 그 일의 해결책이 되기 위해 본청으로 압송되어야 하는 것이다."

"나의 발로 직접 본 청으로 출두할 것이오."

"……굳이 권주를 마다하고 벌주를 택하는구나."

고태상도 더 이상 윤후를 설득할 수 없다는 사실을 재차 깨달았다.

윤후의 결연한 눈빛이 단 한 번도 흔들리지 않았던 탓이다.

이윽고 고태상이 들고 있던 도의 도집을 뽑아 들었다.

검집에 양각되어 있는 일백 개의 꽃이 붉은빛으로 물들어 갔다.

백화도(百花刀)의 붉은빛이 전 도신을 물들인 순간, 고태상이 땅을 박찼다.

진각을 밟은 고태상의 검화(劍花)가 허공을 눈 깜짝할 새 뒤덮었다.

꽃의 형상으로 만개한 검기들이 윤후의 전신에 쏘아졌으나 윤후는 예측한 듯, 뒤로 물러나며 두 자루 검을 교차해 휘둘렀다.

적양과 청월에 각각 솟아오른 두 가지 기운이 용이 승천하듯 만개한 꽃들을 반으로 갈랐다.

갈라진 검화 사이로 고태상의 검이 연이어 찔러 들어왔다.

고태상의 검은 매섭도록 윤후의 사각지대를 정확히 노리고 들어왔다.

윤후의 검들과 고태상의 검이 각자의 검영(劍影) 속에

어지러이 움직였다.

윤후는 연계 동작으로 찔러 들어오는 고태상의 검을 쳐내는 데 급급해 보였다. 고태상도 더 독이 올라 윤후를 놓치지 않고 계속 쫓았다.

고태상의 검이 피어올린 검화들은 환영이 아닌 것이 없었다.

웅혼한 내력으로 피어오른 검화들은 마치 거미줄처럼 윤후의 전 방위를 틀어막았다.

검화의 중심으로 들어가는 건, 자살 행위는 다름없으리라.

이미 윤후의 팔방은 고태상의 기압 안에 들어와 있었다. 윤후는 먼저 검화의 회오리를 깨트려야 한다는 걸 직감했다.

그는 본능적으로 두 자루 검을 교차해, 철호를 일격에 분쇄했던 전신무려(電神舞麗)를 펼쳤다.

이미 계속적인 전투로 인해 윤후의 심신은 지쳐 있었지만, 어떻게든 이 싸움을 이겨 내고 움직여야 했다.

온몸이 솜이 물을 먹은 듯 무거웠다.

하나 윤후는 있는 힘껏 내기와 영기를 동시에 끌어냈다.

그러자 윤후를 중심으로 검화의 기파(氣派)가 회오리가 되어 휘돌기 시작했다.

극한의 폭검이 발출되기 직전, 공세를 밀어붙이던 고태상이 별안간 기를 거두고 뒤로 빠르게 후퇴했다.

마치 윤후의 두 수, 세 수를 읽는 듯했다.

쐐액—!

방금 전까지 고태상이 서 있던 자리로 나선형의 검기들이 회오리쳤다.

곧이어 검기들이 사그라진 자리로 다시 고태상이 걸어왔다. 그의 입가에 서린 미소에 윤후의 눈에 이채가 흘렀다.

'알았다?'

고태상은 정확히 자신이 어떤 검식으로 반응할지 알았다는 듯 움직였다. 그의 움직임에 윤후는 내심 놀랐지만, 내색하지 않고 다시 검들을 고쳐 잡았다.

고태상의 입가에 회심의 미소가 흘렀다.

"지금껏 너를 허투루 추격한 것이 아니다. 네가 남긴 검상들, 그건 전부 강력한 폭검에 의해 새겨진 검흔들이었다. 전부 일격에 즉사했지. 특히…… 삼외옥에서."

고태상은 만만찮은 인물이었다.

윤후는 새삼, 그간의 그에게 이뤄 낸 승리들로 너무 방심한 것을 인정해야만 했다.

고태상은 그간 윤후를 추적하며, 윤후가 남긴 행적들에 대해 그를 옭아맬 방법을 끊임없이 생각하며 온 것이다.

단순히 검흔들로만 상대의 검식을 예상하는 것은 일대종사에 이르러야만 가능한 일이었다.

분명 고태상은 일대종사라는 명성이 어울리는 인물이기는 했다.

"내, 이미 너의 검끝이 어디로 향할지 알고 있고, 방심할 상대가 아니라는 것을 자각한다면 이 싸움은 너의 필패다. 상처 입지 않고 투항할 테냐. 아님……."

고태상의 말이 끝나기도 전에 윤후의 두 자루 검이 검풍을 일으켰다.

칼날 끝에 서린 검풍이 기습적으로 고태상의 볼을 스쳐 지나갔다.

동시에 고태상의 볼에 핏줄기가 흘러내렸다. 고태상이 눈살을 찌푸리며 나지막한 목소리로 중얼거렸다.

"문답무용이라…… 그 또한 괜찮겠지."

윤후는 일언반구 없이 오른발을 앞으로 세우고 왼발을 뒤로 빼며 두 자루 검을 가슴 앞에 평행으로 세웠다.

이(二)자 형으로 세워진 검은 얼핏 수비 형태처럼 보였다. 수비에 치중하고, 상대의 허점이 보이면 기습적으로 일격을 가할 수도 있는 자세였다.

"공세를 거두고 나의 도식을 읽어 보겠다? 좋은 선택이다. 하나, 폭검은 내력 소모도 타 무공에 비해 훨씬 높지. 시간 싸움으로 가면 먼저 쓰러지는 것은 네가 될 것이다."

고태상의 말이 백 번 옳았다.

내력의 양은 훨씬 좋은 환경에서 수련을 거듭해 온 고태상이 유리한 고지를 점했다.

하지만 윤후는 아직 모든 패를 꺼내 든 게 아니었다.

'……고태상은 내가 절기를 시전하는 순간, 펼치는 동작을 알고 있다. 그렇다면…….'

그간 시현전신류를 펼치며 윤후가 이어 온 싸움은, 상대가 내력의 망(網)을 펼쳤을 때 폭검을 펼치는 것이었다.

그리고 그 시작은 늘 두 자루 검이 교차했을 때가 기점. 고태상은 그 찰나의 틈을 계속해서 지켜보고 있고, 윤후는 그보다 두 수 이상은 다른 움직임으로 기습을 펼쳐야 했다.

'검들을 버린다.'

시현전신류는 반드시 월양쌍륜검을 매개로 펼쳐야 한다.

그렇지 않고 시전자의 몸으로 그 팽창을 받아들일 경우, 시전자의 몸이 더욱 피폐해진다.

가뜩이나 깨달음의 그릇이 부족해 영기를 받아들이는 것이 점점 힘들어져 가는 윤후로서는 목숨을 건 도박이나 다름없었다.

이윽고 결정을 내린 윤후는 쉬이 다가서지 않는 고태상에게 먼저 선공을 펼쳤다.

"참을성이 없구나—!"

윤후의 빈틈을 찾고 있던 고태상은 윤후가 대치 상태를 참지 못하고 먼저 선공을 펼치는 것이라 짐작했다.

고태상은 윤후의 동작, 하나하나를 예민하게 읽었다.

그는 신중했고 쉬이 손속을 펼치지 않았다. 대신 정확하게 윤후의 연계 공격을 틈틈이 잘라 냈다.

윤후의 두 자루 검이 고태상의 무릎을 노리고 교차하자, 고태상이 한 발을 쳐들며 도를 나선으로 휘둘렀다.

용오름 치듯, 솟아오르던 윤후의 월양雙륜검이 회오리치듯 찔러 온 고태상의 검에 가로막혔다. 고태상은 월양雙륜검의 검로를 막아 내자마자, 뒤로 후퇴했다.

언제든 폭검을 펼칠 수 있는 동작이 보이면 그는 굳이 맞서려 하지 않았다.

그는 영리하게 싸우고 있었던 것이다.

반면 윤후의 전신에는 조금씩 백화도가 입힌 검상이 하나둘씩 남겨지기 시작했다.

동귀어진이라도 할 것처럼, 돌격하는 윤후는 불 속에 뛰어드는 나방처럼 보였다.

사실상 윤후는 사선 끝에 서는 위험을 감수하며 고태상에게 쇄도했다.

고태상은 윤후가 무리하게 펼치는 검식을 허리를 젖혀 피해 내고는 반동을 이용해 그의 하반신을 향해 도를 그었다.

호선을 그리며 부채꼴로 그어지는 백화도를 따라 검화가 피어올랐다.

날카로운 검기들이 응집된 백화도가 윤후의 턱 아래에서 치솟아 올랐다.

송곳처럼 일제히 솟아오른 검화와 함께 윤후가 별안간 고개를 젖히며, 손에 쥐고 있던 월양쌍륜검을 놓았다.

그 순간 고태상의 눈에 이채가 흘렀다.

'나의 허점을 꿰뚫고자 검화가 펼쳐지는 순간, 고태상은 가장 나에게 근접한다.'

검화는 검기의 응축.

검기의 응축이라면, 곧 강기에 버금가는 위력을 일으킨다는 것.

고태상은 이 싸움을 길게 끌고 싶지 않을 터, 그렇다는 말은 강한 일격을 가격시키기 위해 후퇴를 생각하지 않는다는 말이었다. 윤후는 바로 그 점을 노렸다.

"당신은 너무 깊숙이 다가왔어."

윤후의 입이 벙긋거린 찰나의 순간.

고태상은 자신이 윤후의 기압 깊숙한 곳에 자리 잡고 있다는 사실을 자각해야 했다.

'독문병기를 버린 네가 무슨 반항을 할 수 있다는 것이냐!'

눈을 부릅뜬 고태상과 함께 윤후의 좌수와 우수가 교차했다.

청월과 적양 대신 자신의 몸을 매개로 시현전신류의 폭검을 펼친 것이다.

윤후는 자신의 몸을 고태상에게 내던졌다.

잇달아 고태상의 검은 정확히 윤후의 어깨를 찔렀고 그의 검화는 윤후의 전신을 집어삼킬 듯 소용돌이쳤다.

그때 윤후를 향해 뻗어진 검화들이 윤후의 전신에서 쏟아져 나온 기파에 함께 휩쓸렸다.

시현전신류(示現電神流),
칠련(七練) 구체섬풍(毬體閃風)

고태상의 검을 어깨에 꽂은 윤후가 고태상의 몸을 들이받으며 회오리쳤다.

회오리치는 윤후를 중심으로 검화들이 일제히 동경 조각처럼 깨지고, 그 자리를 칼날의 형상을 띤 검기들이 몰아쳤다.

후퇴를 생각지 않았던 고태상이 급히 물러나려 했지만, 이미 그는 폭검의 반경 안에 들어와 있었다.

쐐애애액—!

커다란 기의 폭풍이 고태상과 윤후를 한꺼번에 뒤덮자 고수들의 싸움을 지켜만 봐야 했던 군무맹 무인들이 재빨리 사방으로 흩어졌다.

"육공—!!"

고태상과 함께 온 심보가 기의 폭풍에 휩쓸린 고태상을 부르짖었다.

눈 깜짝 할 새 벌어진 일이었다.

살아남은 후기지수들도, 주위를 점령한 동편병격대의 대

원들도 어찌할 도리가 없었다.

그저 기의 폭풍이 사그라지기를 기다리는 수밖에.

이윽고.

기의 폭풍이 사그라지자 사방에서 뛰어든 심보와 동편병 격대는 옷차림이 넝마가 된 채 피를 토하고 있는 고태상을 발견할 수 있었다.

"쿨럭."

피를 토하고 있던 고태상은 아직 의식이 있었다.

급히 심보가 고태상의 곁으로 다가가 그를 끌어안자 고태상이 독기 서린 눈동자로 힘겹게 입을 열었다.

"노…… 옴. 놈을…… 쫓아…… 라."

심보는 그제야 고태상과 맞서던 윤후의 흔적을 어디에서도 찾아볼 수 없다는 사실을 깨달았다.

급히 좌우를 둘러봤지만, 윤후는 이미 몸을 뺀 듯했다.

그때 황폐화된 땅바닥 사이사이 핏방울 떨어진 흔적들이 그의 눈에 들어왔다.

"피…… 피를 쫓…… 쫓아라."

이어지는 고태상의 말에 심보는 무겁게 고개를 끄덕이며, 수하들을 향해 일갈을 터트렸다.

"당장 놈을 쫓아라! 놈의 신병을 반드시 본청으로 압송해야 한다!"

심보의 말이 끝나기 무섭게 동편병격대의 대원들이 사방으로 흩어졌다.

고태상은 이어서, 흐려진 의식 속에서도 자신의 곁에 있는 심보를 밀어냈다.

"너…… 도 가거라. 저들…… 로는…… 부, 부족하다."

"하지만 육공!"

반문하려는 심보를 향해 좌우로 고개를 저은 고태상은 우두커니 서 있는 후기지수들을 쳐다보면서 말했다.

"후기…… 지수, 들이 있지 않으냐……. 어, 어서, 놈을…… 곧…… 본 청에서도, 병력이…… 당도, 할 것이니……."

"그리하겠습니다."

고태상의 말을 들은 심보가 곁에 있던 요화에게 고개를 돌렸다.

"육공을 부탁한다."

"예. 한 가지 여쭙고 싶은 것이 있습니다."

이어서 자리를 뜨려는 심보의 발목을 요화의 목소리가 붙들었다.

요화의 목소리에 고개를 돌린 심보와 함께 그녀가 계속해서 말을 덧붙였다.

"대체 백 교관을 쫓으시는 연유가 무엇입니까."

"후기지수는 알 것 없다."

딱 잘라 말하는 심보의 앞을 그녀가 재빨리 가로막았다.

"함께 수련하던 후기지수들이 벌써 여럿 죽었습니다. 그들도 자신들이 왜 죽었는지, 누구에게 죽었는지 여부에 대해서는 알아야 하지 않겠습니까."

"진상 조사 중이다. 그리고 이 모든 사건의 중심에."

심보가 눈을 빛내며 재차 말을 이었다.

"백윤후가 있다."

동편병격대의 추적과 함께 윤후는 빠르게 산로를 가로질렀다.

그는 나무에 몸을 기댄 채 거친 숨을 내쉬었다. 백화도가 남긴 도상은 생각보다 깊었다.

살이 찢어지고 뼈가 훤히 드러났다.

윤후는 어깨를 꿰뚫은 도상 부위를 너덜너덜해진 무복 상의를 대강 찢어 동여맸다.

이미 상단전은 수많은 신들을 받아들이는 데 사용되어

정신이 아득해질 만큼, 팽창되어 있었다.

영기를 끌어내는 순간마다 눈앞이 흐릿해졌다.

하지만 이겨 내야만 했다. 적어도 윤후는 죽기 직전의 형이 받았을 고통보다는 덜할 것이라 여겼다.

벌써 밤낮을 가리지 않고 싸우면서 움직였다.

얼추 세어 보니 벌써 나흘이 흘렀다. 그간 많은 일이 있었다.

아홍을 살렸고, 형이 죽었으며, 고태상에게 옥까지 끌려갔을 뿐 아니라, 후기지수들을 노린 적들을 막았다.

자신 대신 군무맹에게 잡힌 적우의 생각도 함께 떠올랐다.

너무 많은 사람들이 이 일에 얽혀 있었다. 꼬인 실타래를 푸는 것은 응당 자신의 몫이어야만 했다.

"하아…… 하아."

당장이라도 숨이 턱 밑 끝까지 차오른 것을 애써 억누른 윤후는 다시 걸음을 내딛었다.

소용돌이가 불어 닥친 사이에 재빨리 몸을 빼긴 했지만, 그들과의 거리는 고작해야 일다경도 채 되지 않았다.

재빨리 움직여야만 했다.

윤후는 동시에 적들이 동혈에 남겨 두었던 전도를 재차

되새겼다.

적우에 말에 의하면 적들은 두 목표물을 한꺼번에 노릴 공산이 컸다.

후기지수들과 공녀.

이 두 마리 토끼를 전부 놓친다면, 사마련과 군무맹의 전쟁은 불 보듯 빤해질 테니.

후기지수들은 얼추 막았지만 공녀의 목숨이라도 끊기는 날엔 전쟁을 막지 못할 것은 자명했다.

그러니 최선을 다해 움직여야 했다.

적발 사내 '그'가 원하는 대로 장단 맞춰 줄 생각은 추호도 없었다. 다시 수풀림 사이를 빠르게 헤쳐 나가는 윤후의 위로 하늘은 점차 노을이 지고 있었다.

같은 시각, 흑로는 끈질기게 버텨 내고 있는 그녀를 보며 싸늘한 표정을 지었다.

홍석협에서 후기지수들을 지키는 병력들을 일제히 제거한 뒤, 병력을 따로 나눠 공녀를 치러 온 그는 시간을 끌수록 상황이 복잡해진다는 걸 자각하고 있었다.

"그만 끝내야겠구나, 끌끌."

벌써 꽤나 많은 숫자의 아귀 가면들은 바닥에 널브러져

있었다.

흑로까지 계속해서 그녀를 밀어붙였지만, 백리서린과 그 호위의 실력은 그들의 예상을 훨씬 상회했다.

하지만 뒤집힐 상황은 아니었다.

그녀는 시간을 끌수록 전신에 상처가 많아지기 시작했고, 그녀의 호위인 와삼은 오른 다리를 절룩이고 있었다.

흑로에게 당한 상처.

그는 절뚝거리면서도 여전히 기세를 잃지 않고 그녀의 곁을 지키고 있었다.

필요하다면 목숨을 바칠 각오쯤은 이미 해 둔 지 오래였다.

와삼의 곁에 있던 그녀의 눈에 염려가 섞였다.

단신이라면 몰라도 와삼을 뒤에 두고 갈 수 없었고, 설사 간다한들 포위망을 뚫을 수 있을지도 의문이었다.

지금까지 흑로와 다른 아귀 가면들의 공세에 버텨 낸 것도 기적이나 다름없었다.

지금도 꽤나 많이 흘린 피 때문인지 그녀도 검을 잡은 손에 힘이 서서히 빠져 가는 걸 자각하고 있었다.

하지만 달리 묘안이 떠오르지 않았다.

그저 본청이 이 상황을 예측해 주기를 바랄 수밖에 없었던 것이다.

"예상보다 피해가 많았다. 나의 생각을 상회하는 실력을 가졌다는 것은 인정해 주마."

흑로는 피가 묻은 흑조를 힐끗 쳐다보다, 다시 수하들을 향해 눈짓했다.

그의 지시에 따라 아귀 가면들이 다시 와삼과 그녀를 둘러싸고 번갈아 가며 보법을 펼쳤다.

좌우로 순서를 바꿔 가며 쇄도한 아귀 가면들을 따라 그녀와 와삼이 등을 붙이고 적들이 오기를 기다렸다.

하지만 그녀와 와삼은 알고 있었다.

쇄도하는 적들 사이로 솟아오를 흑로의 흑조가 진짜배기 칼날이라는걸.

아귀 가면들의 현란한 움직임은 그저 눈속임일 게 분명했다. 계속해서 그런 식으로 그들은 공세를 펼쳐 왔다.

이윽고 주변을 배회하며 움직이던 아귀 가면들 중 하나의 검이 빠르게 그녀의 정수리를 노리고 쇄도했다.

그녀는 부드럽게 검을 쳐 내고는 쇄도한 검을 자신의 검으로 비껴 올려쳤다.

아귀 가면의 검신을 긁으며 솟아오른 그녀의 검과 함께

팔방에서 아귀 가면들이 한꺼번에 덮쳐들었다.

그녀는 공세를 이어 가지 못하고 다른 방향에서 오는 검들을 막으며 다시 뒤로 물러나야 했다. 그녀에게 덮쳐든 검들이 교차하며 쇄도하자 와삼이 재빨리 그녀의 후방을 막아서며, 그녀와 함께 팔방에서 날아온 검들을 쳐 냈다.

그 와중에 그들은 검들 사이로 솟아오를 흑로의 흑조를 경계했다.

'보이지 않는다.'

흑로가 무서운 것은 그의 은밀한 보법이었다.

그녀와 와삼은 잠깐 시야를 아귀 가면들에게 돌린 사이, 다시 자취를 감춘 그를 빠르게 경계했다. 하지만 그들의 시야에는 오로지 아귀 가면을 쓴 자들밖에 들어오지 않았다.

'어디냐. 어디지?'

그녀의 눈이 빠르게 사방을 훑었다.

온 사방을 둘러봐도 보이는 것은 아귀 가면들.

그들은 그녀의 눈을 어지럽게 하며 끊임없이 그녀를 타격했다.

그 순간, 하단에서 치고 올라오는 검을 막아 낸 그녀의 위로 아귀 가면들 중 하나가 위로 치솟아 올라 유성우처럼 그녀에게 떨어졌다.

그녀의 한 발 앞으로 진각을 밟고 전진했다.

하단의 검을 쳐 내며 전진한 그녀는 물러나는 아귀 가면들과 거리를 떨어트리자마자, 뒤로 내뻗은 왼발을 이용해 회전하며 방향을 전환했다.

방향을 전환한 그녀는 재빨리 검을 횡으로 올려쳤다. 횡으로 올려친 그녀의 검 앞으로 솟아오른 아귀 가면의 검이 쇳소리를 내며 부딪쳤다.

그 순간 그녀의 눈이 빛났다.

검을 부딪친 자의 허리가 굽은 것을 본 것이다.

'놈이다!'

어느새 아귀 가면을 뒤집어쓴 흑로가 틀림없었다.

그녀가 흑로인 것을 눈치 채고 뒤로 몸을 빼려던 찰나, 검을 손에서 놔 버린 흑로가 그녀의 기압 안으로 깊숙이 파고들었다.

동시에 흑로의 양 소매에서 흑조가 튀어나와 그녀의 가슴팍을 향해 쇄도했다. 일직선으로 쇄도하는 그를 따라 그녀가 구명절초를 시전했다.

홍명공검(鴻溟攻劍)의 와검섬퇴(渦劍閃退)였다.

방어식이 전무하다시피 존재하지 않는 홍명공검의 유일한 구명절초였다.

지저에서 솟아오른 붉은 기러기가 날개를 펼치듯, 그녀의 몸이 제자리에서 회전했다.

와선형으로 회전하는 그녀의 검과 함께 소용돌이친 검기가 흑로에게 쏟아졌다.

지금껏 흑로가 그녀를 제대로 잡아내지 못한 것은 바로 이 절묘한 구명절초 때문이었다.

"어림없다!"

흑로는 지금껏 잡아내지 못한 그녀를 이번에야말로 끝장내겠다는 듯 필사적으로 쇄도했다.

쏟아진 검기를 호신강기를 펼친 흑로는 사방으로 흑조를 휘저었다.

검은색의 검기들이 허공을 휘젓자, 소용돌이친 그녀의 검기가 눈 깜작할 새 분쇄됐다.

그녀의 검기를 분쇄한 흑로는 멈추지 않고 바닥을 쓸듯이 흑조를 아래에서 위로 쳐올렸다.

바람을 타고 휘날려 올라가는 낙엽처럼 가벼운 보법이었다.

하단에서부터 치고 솟아오른 흑로의 흑조들은 그녀가 쉴

틈을 주지 않았다.

물러서지 않고 계속해서 쫓아오는 그를 보며 그녀의 눈
이 빛났다.

홍명공검(鴻溟攻劒)
홍익화우(鴻翼化雨).

구명절초에 이은 연계 검식 홍익화우는 광범위한 절초인
대신 시전자의 내력 소모가 엄청났다.

그녀로써도 완벽히 숙달하지 못한 검식.

하나 지금 이 순간 그녀는 흑로를 단숨에 제압해야만 한
다는 걸 직감했다.

여기서 흑로를 제압하지 못하면 더욱 싸움이 어려워질
게 뻔했다.

그래서 그녀는 무리해서 진기를 끌어 올렸다.

뒤로 물러나던 그녀가 별안간 허리를 뒤틀었다.

날듯이 앞으로 치솟은 그녀가 집요하게 쫓아온 흑로에
정면으로 맞섰다.

흑로의 입가에 한줄기 싸늘한 미소를 서렸다.

흑로가 기다렸다는 양, 허리춤에서 빠르게 주머니를 풀

었다.

주머니에서 풀어헤쳐 나온 것은 꽃봉오리 같이 생긴 암기였다.

암기가 별안간 눈앞을 뒤덮자 그녀는 이를 악물고 검을 좌우로 흩트렸다.

동시에 홍익화우를 펼친 그녀의 주변으로 붉은 검기들이 화염처럼 치솟아 올랐다.

비처럼 사방으로 흩어지는 강력한 검기에 허공을 뒤덮었던 암기들이 땅바닥에 힘없이 부서졌다.

그사이, 그녀의 일격을 피한 흑로가 그녀의 사각지대를 노렸다.

아직 홍명공검의 진의를 완벽히 이해하지 못한 그녀는 검력(劍力)에 이끌려 지쳐 갈수록 상체가 앞으로 쏠리고 있었다.

상대적으로 체력 소모가 적었던 흑로는 영리하게 그 점을 노렸다.

그녀가 구명절초와 함께 무리하게 절초를 펼칠 거라는 걸 짐작한 것이다.

면밀히 홍명공검의 파훼법을 연구하지 않았다면 불가능한 움직임이었다.

'놈은 정확히 내 투로를 읽었어.'

한차례 절기가 지나간 후, 그녀는 울컥 솟아오르는 핏물을 억지로 눌렀다.

신속하게 사각지대로 꿰뚫는 흑조를 그녀는 차마 막아 내지 못했다.

"아가씨―!"

어느새 아귀 가면들의 공세 때문에 그녀와 멀찍이 거리를 두게 된 와삼이 그녀에게 쇄도하는 흑조를 보고는 급히 소리를 쳤다.

하지만 와삼이 소리 지르기 전에 이미 흑조는 정확히 그녀의 옆구리를 꿰뚫었다.

"끄읍!"

흑조에 일격을 허락한 그녀의 눈에 핏발이 섰다.

흑로는 누런 이를 드러내며 웃고 있었다.

검버섯 핀 흑로의 얼굴이 지옥에서 올라온 악귀 같았다.

"너…… 어떻게…… 홍명공검을……."

옆구리를 꿰뚫은 흑조를 힐끗 쳐다본 그녀가 흑로를 꿰뚫어 버릴 듯 노려봤다.

그녀의 말에 흑조를 더욱 깊게 그녀의 뼈 안쪽으로 쑤셔 넣은 흑로가 씩 웃었다.

"홍명공검은 세상에 너무 많이 드러났다. 아직 홍명공검을 완성하지도 못한 애송이가 쓴다면 뒤통수 맞는 것은 당연지사지."

"아직…… 끝이 아니야."

그녀는 숨도 쉬지 못할 만큼 뇌리를 찌르는 고통 속에서 자신의 옆구리를 꿰뚫은 흑조를 검을 들지 않은 왼손으로 덥석 잡았다.

그리고 그녀의 검끝이 당황한 눈빛의 흑로를 향해 쇄도했다.

양패구상의 위기에 처했을 때, 동귀어진 할 각오로 사용하는 절기가 그녀의 검끝에서 펼쳐졌다. 그녀는 오히려 앞으로 전진했다.

옆구리에 박힌 흑조가 뼈를 뚫고 더욱 안쪽으로 파고들었지만, 그녀는 아랑곳 않고 기합을 질렀다.

"으아아아—!!"

기합을 지른 그녀의 검끝에서 붉은 검기가 솟아올랐다.

마치 꺼진 불씨에서 마지막 불꽃이 활활 타오르듯 그녀의 검끝에서 솟아오른 검기가 흑로의 몸을 거미줄처럼 휘저었다.

그녀의 검이 화려하게 흑로의 몸을 뒤덮은 순간, 그녀의 옆구리에서도 핏줄기가 솟아올랐다.

어느새 새하얀 무복이 붉게 젖어 든 그녀는 온몸이 난자되어 실 끊어진 인형처럼 튕겨 나간 흑로를 흐릿한 시선으로 응시했다.

"어딜…… 넘봐……."

거친 숨을 내쉬면서 비틀거린 그녀는 그 자리에 주저앉았다.

그때 미동도 없이 땅바닥에 엎어져 있던 흑로의 손가락이 꿈틀거리기 시작했다.

이내, 느리게 일어나기 시작하는 흑로의 얼굴에는 핏물이 뚝뚝 흐르고 있었다.

비틀거리며 완전히 일어선 흑로는 얼굴 오른쪽 광대뼈가 완전히 함몰되어 있었고, 왼 다리는 부러진 듯 파르르 떨고 있었다.

그가 입고 있던 흑색장삼도 더 이상 그 모양을 찾아볼수 없을 만큼 갈기갈기 찢어져서 넝마나 다름없게 됐다.

그럼에도 불구하고 흑로는 광기 섞인 얼굴로 웃기 시작했다.

"클클클. 이거야…… 호랑이 새끼인 걸 간과했나 보구나."

그는 고통 따윈 상관없다는 양 흐느적거리는 다리뼈를 양손으로 쥐어뜯듯이 다시 제자리에 돌려놨다.

뿌드드득!

엄청난 고통 속에서도 그는 신음성 한번 흘리지 않고 비틀거리며 다시 그녀에게로 오기 시작했다.

"네년을…… 반드시 죽이고 갈 것이야……."

피범벅으로 걸어오던 흑로의 흑조가 다시 서늘하게 예기를 발했다.

'움직여야 해. 제발 움직여다오.'

그녀는 무거운 몸을 다시 이끌기 위해 이를 악물었다.

하지만 시야는 점차 어두워져 가고, 한 발 내딛기로 고통스러웠다.

이미 진기는 여러 차례 큰 절기를 쏟아 내느라 미약하기 짝이 없었다. 이대로는 검기조차 구현할 수 없을 게 뻔했다.

흑로를 막아 낼 수 있는 방법이 지금 그녀에게는 존재하지 않았다.

멀리서 와삼이 자신을 부르짖는 목소리가 들렸다.

하지만 멀찍이 보였던 와삼은 이미 아귀 가면들 사이에 둘러싸여 제대로 보이지도 않았다.

'여기가 끝인가 봐요.'

여인의 몸으로서 칼끝에 사는 것은 쉽지 않았다.

무엇보다 맹주의 딸이라는 강박관념은 그녀를 더욱 힘든 고통 속으로 몰아넣었다.

딸을 끔찍이 생각하는 아버지의 사랑도 잠시 뒤에 둘 만큼, 그녀는 자신의 행실을 늘 신경 썼다.

모든 행동이 부친에게 영향을 줄 거라는 걸 이미 어릴 때부터 알고 자란 탓이다.

그런 고독과 어둠 속에서 손을 건네 준 사람들은 예상보다 많았다.

그리고 그들과의 인연으로 인해 그녀는 자신의 어깨에 올려진 짐들을 이겨 낼 수 있었고, 스스로 자신의 입지를 군무맹 내부에서 다져 갔다.

그렇게 지금 여기까지 왔다.

그래서 이렇게 쉽게 죽을 수는 없었다.

아직 해야 할 일이 많았다.

와드득.

그녀는 이빨이 부서지도록 다시 이를 악다물었다.

어지러운 눈을 아예 감아 버린 그녀는 제자리에 멈춰 선 채 미동도 없이 흑로를 기다렸다.

흑로는 그녀의 고요한 기세를 느낀 듯, 눈을 가늘게 떴다.

"아직도 힘이 남아 있다는 것이냐. 그래, 있는 힘껏 반항하거라. 그편이 훨씬 더 즐거울 테니."

흑로는 흑조 끝에 흐르는 그녀의 핏물을 혀로 한차례 핥고는 쏜살같이 앞을 향해 땅을 박찼다.

고요하게 멈춰 서 있던 그녀는 다가오는 흑로를 향해 느리게 검을 겨눴다.

많은 추억들이 그녀의 뇌리를 스쳐 지나갔다.

한 장씩 책자처럼 물 흐르듯 스쳐 지나가는 이 순간, 그녀는 느리게 든 검으로 다가오는 흑로를 느꼈다.

눈을 감은 채 모든 감각을 동원한 그녀는 마지막 진기를 짜냈다.

단 일격.

마지막 일격을 위한 준비였다.

흑로의 빈틈을 오로지 시야가 아닌, 다른 감각만으로 피해 내고 움직여야 했다.

지금 그것이 그녀가 할 수 있는 유일한 일이었다.

반면 흑로는 더 이상 은밀하게 움직이지 않았다.

그녀가 이빨 빠진 호랑이임을 이미 아는 탓이다.

정면으로 그녀를 향해 들이닥친 흑로가 흑조가 달린 쌍수(雙手)로 그녀의 하단을 노렸다.

하단에 스쳐 지나가는 날카로운 바람이 그녀의 감각에 잡혀 들었다.

그녀는 지금까지 흑로가 보인 움직임을 떠올렸다.

'놈은 하단에서부터 상대의 균형을 깨트리고, 연격으로 사각지대를 노린다. 사각지대가 막히면, 물러났다가 일격을 가한다.'

지금까지 모든 흑로의 공세가 그러했다.

그녀는 영리하게 눈에 익었던 투로를 기반으로 눈이 아닌 다른 감각으로 느껴지는 대로 움직이기 시작했다. 그녀의 몸이 거센 태풍에 휘날리는 갈대처럼 하늘거렸다.

동시에 좌우로 교차하며 그녀의 무릎을 베어 버릴 듯, 흑조의 칼날이 그녀의 무릎을 스쳐 지나갔다.

그녀는 이미 예상했다는 듯 물러났지만, 몸이 무거워진 탓에 왼쪽 허벅지가 살점이 뭉텅 떨어지도록 베였다.

그러나 그녀는 신음성을 흘릴 겨를도 없이 하단에서 치고 올라올 흑로의 투로에 대응해야 했다.

흑로는 단번에 그녀의 목을 꿰뚫을 듯 상단으로 흑조를 세워 올렸다.

그녀가 고개를 젖히며 한 치 차이로 흑조를 피하고는, 뒤로 두 걸음 물러났다.

그때 흑로가 그녀의 옆구리 깊숙한 곳으로 발을 뻗었다.

그녀가 고개를 젖히며 뒤로 물러난 틈을 타, 한 발 빨리 그녀의 사각지대를 노린 것이다.

그녀는 마치 눈을 뜨고 그의 움직임을 모두 보는 것처럼 고개를 젖힘과 함께 허리를 비틀었다.

고통이 밀려 들어왔지만 그녀는 이를 악물고 고통을 참아 내면서 움직였다.

덕분에 완전히 균형을 잃은 그녀가 허공에서 허우적거렸다.

흑조를 피한 대신, 뒤로 너무 몸을 뺀 탓이다.

흑로는 그 틈을 놓치지 않고 그녀에게 깊숙이 흑조를 쇄도시켰다.

한 쌍의 흑조가 뒤로 넘어지는 그녀의 목을 꿰뚫듯이 일직선으로 쇄도해 왔다.

그녀가 감고 있던 눈을 부릅떴다.

찰나 간 그녀와 눈을 마주한 흑로의 눈이 날카롭게 빛났다.

동시에 넘어질 듯 휘청거리던 그녀가 별안간 앞으로 전

진 했다.

흑로가 피하기엔 너무 가까운 거리였다.

홍명공검(鴻溟攻劍)

홍린시강(鴻鱗矢鋼)

그녀의 마지막 불꽃.

있는 힘껏 진기를 짜낸 검기가 쇄도하던 흑로와 부딪쳤다.

펑—!

흑로가 본능적으로 흑조를 세워 올려 검기를 맞받아쳤다.

흑로의 봉두난발이 된 머리칼이 사방으로 뻗치듯 휘날릴 만큼 강력한 진공파가 사방으로 퍼져 흘렀다.

미약한 진기로 펼친 검기라고는 믿기지 않을 만큼 강력한 검력이었다.

하나, 그녀의 일격을 뚫고 나온 흑로의 흑조는 정확히 그녀의 가슴을 파고들었다.

무리한 덕택에 흑로 또한 왼쪽 어깨를 그녀에게 내주어야 했지만 대신에 흑로는 그녀의 다른 어깨를 꿰뚫을 수 있었다.

옆구리에 치명상과 오른 어깨까지 흑조에 관통당한 그녀가 지푸라기처럼 흑로가 있는 방향으로 허물어졌다.

흑로는 그녀의 어깨를 꿰뚫은 흑조를 빼서 자신에게 허물어진 그녀를 발로 걷어차 버렸다.

그에게 걷어차인 그녀가 이번에도 힘없이 바닥을 나뒹굴었다.

피와 먼지가 범벅이 된 그녀는 신음성조차 흘릴 수 없을 만큼 의식이 몽롱해져 갔다.

지금껏 억지로 눌렀던 고통이 그녀가 손가락 끝 하나 움직이지 못하게 만들었다.

흑로는 쥐죽은 듯 고요하게 누워 있는 그녀에게 걸어가 그녀의 머리채를 잡고 들어 올렸다.

"계집, 저승에 가더라도 너무 원통해하지 말라. 너는 대업에 중요한 도화선이 되어 줄 터이니."

억지로 흑로의 손에 들어 올려진 그녀는 피를 토하면서 히죽 웃었다.

"널…… 못 죽이고 가는 게 내 천추의 한이 될 거다."

그녀는 제대로 벌려지지도 않는 입을 벙긋거리며 얼굴을 일그러트렸다.

그런 그녀의 안면을 향해 흑조를 겨눈 흑로가 하늘을 쳐다보며 광소를 터트렸다.

"저승사자조차 네 시신에 눈을 돌릴 만큼 잔인하게 죽여……."

쒜액—!

한 발의 지풍이 흑로의 어깨를 꿰뚫었다.

미처 말을 끝내지 못한 흑로가 눈을 부릅뜨고, 비틀거리며 물러났다.

자신도 모르게 잡고 있던 백리서린의 머리카락을 놓친 흑로가 피가 흘러나오는 어깨를 감싸 쥐며 일갈을 터트렸다.

"누구냐—!!"

저벅. 저벅.

수풀림 사이로 걸어 나온 것은 건장한 체구의 혈인이었다.

봉두난발이 되어 머리칼 사이로 빛나는 눈을 가진 그는 말없이 흑로 앞으로 걸어오기 시작했다.

"이노오오옴!!"

분노에 찬 노성을 터트린 흑로는 재빨리 쓰러져 있는 백리서린을 쳐다봤다.

그녀를 죽이는 것이 가장 최우선적인 임무.

갑자기 나타난 상대를 경계하는 것보단 임무를 수행하는 것이 우선이었다.

고개를 돌린 흑로가 흑조를 그녀의 정수리에 꽂아 넣으려 손을 치켜들자, 걸어오던 혈인이 이번에는 허리춤에 매단 두 자루 검을 뽑아 들어 한 자루 검을 던졌다.

쐐액―!

날아온 검이 내려찍히던 흑조를 튕겨 내고, 흑로가 뒤로 물러난 사이로 혈인이 쏜살같이 흑로와 백리서린 가운데로 몸을 파고들었다.

동시에 다시 진각을 밟고 쇄도하려는 흑로의 앞으로 혈인의 반대편 검이 번개처럼 솟아올랐다.

세로로 솟아오른 검날에 위협을 느낀 흑로가 어쩔 수 없이 뒤로 물러나자, 혈인이 그제야 입을 열었다.

"나 모르겠어?"

나직한 목소리로 물은 혈인은 마치 산보라도 나온 듯, 느린 걸음으로 흑조에 튕겨져 땅바닥에 박힌 검을 다시 주워들었다.

다시 양손에 두 자루 검을 잡은 채 수문장처럼 백리서린의 앞을 가로막은 그는 얼굴을 일그러트린 흑로를 향해 싸늘한 미소를 머금었다.

"백윤후, 네놈이 끝내 대업을 방해하려 드는구나."

"너희들은 어떻게 내 이름을 알지?"

흑로의 고함에 백윤후의 눈에 이채가 흘렀다.

그러고 보면, 그들은 자신의 정체에 대해 알 수가 없었다.

처음 조우했을 때 인피면구를 벗기지도 못했고, 그 이후로는 계속 군무맹의 병력들과만 갈등을 빚었다.

그들은 백오동을 죽였을지언정, 자신이 그들과 대척 관계에 있다는 걸 알 수는 없었던 것이다.

따지고 보면 철호 또한 그러했다.

그는 마치 자신이 누군지, 왜 움직이는지에 대해 모두 알고 이야기하는 듯했었다.

이제야 새삼 그 모든 것들이 의문스러워지는 윤후였다.

윤후는 그런 의문들을 눈앞에 있는 흑로가 풀어 줄 수 있을 거라고 생각했다.

이제 '그놈'에게 한 걸음 더 다가갈 수 있는 기회가 가까이 다가와 있었다.

"대답해. 너희들은 나의 개입을 이미 알고 있었던 것이냐."

"백오동의 죽음으로 말미암아, 네놈이 날뛰는 건 누구라도 눈치 챌 수 있다. 우리의 귀가 되었던 우중산, 우중산과 연결되어 있던 철곤까지. 그들을 쫓는 게 네놈이라는 것쯤은 충분히 유추할 수 있는 사실이지. 삼외옥부터 그러했지."

"아니."

윤후는 단호하게 고개를 저었다.

적어도 확신할 수 있는 건 삼외옥 당시에 저들은 자신의 정체를 몰랐다.

그렇지 않았으면 인피면구를 떼서 확인하려고도 하지 않았을 테니.

하지만 그 이후부터는 이해가 됐다.

그들과 끈이 닿아 있는 철곤을 납치하고 죽임으로써 자신은 저들의 요주 인물로 떠올랐을 것이다.

그 말은 곧 저들을 쫓는 데, 자신의 주변 사람들까지 위험해졌다는 것을 의미했다.

윤후는 새삼 그 사실을 자각해야 했다.

'아홍.'

남아 있는 주변 사람은 아홍과 우중산.

아홍은 무사히 풀려서 육망을 통해 빠져나갔다지만, 우

중산은 여전히 아무런 보호를 받지 못했다.

아니, 앞으로 받을 수 없을 게 분명했다.

그는 분명 군무맹을 적으로 돌릴 만한 일을 벌였으니.

이젠 그들을 지키기 위해서라도, 정말 은밀하고 신속하게 움직여야 했다.

이내, 이를 악다문 윤후가 흑로를 향해 다시금 움직였다. 흑로가 알고 있는 모든 것을 캐내야 했다.

그것이 지금 반드시 해내야 할 일이었다.

신속하게 움직인 윤후가 쇄도하는 흑조를 피하며 검을 그었다.

윤후의 두 자루 검이 번개처럼 흑로의 좌우 어깨를 도려냈다.

흑로의 양어깨에서 동시에 피가 솟아올랐다.

윤후도 상처를 입고 지쳐 있었지만 흑로는 그보다 더 지쳐 있었다.

"끄악!"

무엇보다 흑로가 특유의 보법을 펼치기도 전에 윤후는 그의 투로를 전부 읽고 있었다.

이미 한차례 싸운 경험이 있기에 윤후는 손쉽게 흑로를 상대했다.

흑로가 먼저 상대의 균형을 깨트리는 보법을 펼쳐 상대를 현혹시키고, 그 틈을 노려 사각지대로 암수를 쓰는 것을 알고 있었던 것이다.

윤후는 애초부터 흑로가 제대로 움직일 수 없게 모든 투로를 봉쇄했다.

그가 한 걸음 내딛으면, 내딛은 발을 자신의 발로 밟고 검신으로 그의 약점을 노렸다.

윤후가 오른손에 잡은 적양으로 흑로의 왼쪽 목덜미를 내려쳤다.

검신에 담긴 검력에 흑로가 휘청거리며 뒤로 물러나려 하자, 윤후가 금세 그의 앞으로 나아가 그의 오른 다리를 좌수에 든 청월로 절도 있게 끊어 쳤다.

다리에 쏠린 고통과 함께 앞으로 납작 엎어진 흑로의 얼굴에 윤후의 발이 내려찍혔다.

흑로는 이를 악물고 바닥을 굴러 윤후의 발을 피한 뒤 다시 일어서려 했지만, 그보다 윤후가 더욱 빨랐다.

윤후는 바닥을 구른 흑로를 뒤쫓아 그의 가슴팍을 발로 걷어찼다.

윤후의 내력이 실린 발에 걷어차인 흑로가 거친 신음성과 함께 바닥을 볼품없이 굴렀다.

도중에 흑로가 이끌고 온 아귀 가면들이 윤후와 흑로 사이를 가로막았지만, 이미 사력을 다하기 시작한 윤후를 막을 방법은 그들에게 없었다.

쐐액—!

곳곳에서 날아온 검을 윤후는 물러서지 않고 맞섰다.

그는 독기 섞인 눈으로 파공음과 함께 날아온 검들을 회선검(回旋劍)으로 원을 그려 튕겨 낸 그는 정면에 보이는 아귀 가면의 기압 안으로 뛰어들었다.

그의 기세는 한 마리의 범이 날뛰듯 하늘을 찔렀다. 그의 검에 걸리는 모든 것이 파괴되었다.

솟아오른 붉은 검기가 적들을 핏빛으로 물들였다.

정면의 아귀 가면의 가슴팍에 검을 꽂아 넣은 윤후는 그를 방패막이 삼아 다른 방향에서 날아온 검을 막아 냈다.

눈 깜짝 할 새 죽은 동료의 몸에 칼을 박은 다른 아귀 가면의 눈에 당황의 빛이 서렸다.

그 순간, 윤후의 검이 방패막이로 쓰던 시신을 뚫고 반대편에 서 있던 아귀 가면의 목덜미를 꿰뚫었다.

차악—!

번개처럼 아귀 가면 두 명을 쓰러트린 윤후는 노도처럼

아귀 가면들을 학살했다.

그의 검이 기울어질 때마다, 아귀 가면이 한 명씩 피분수를 뿜으며 뒤로 쓰러져 갔다.

추풍낙엽(秋風落葉)처럼 휩쓸리는 수하들을 보며 광기 서린 흑로의 눈동자에 더 짙은 살기가 깃들었다.

"저년을 죽이고야 말 것이다!"

그사이 흑로는 제대로 서 있기 힘든 노구를 이끌고 다시 쓰러져 있던 백리서린을 향해 뛰어들었다.

그때 그 앞을 가로막은 것은 윤후 덕분에 포위망을 뚫고 나온 와삼이었다.

그는 쏜살같이 뛰쳐나와 허공으로 날아올랐다.

단숨에 두 손으로 흑로의 목덜미를 낚아채 함께 바닥을 구른 그는 비틀거리면서도, 백리서린의 곁을 지켰다.

"감히! 네놈 따위가 공녀의 몸에 손을 대려 하느냐!!"

"……네놈 따위가 나를 막을 수 있을 것 같으냐. 대업은 결코 끝나지 않는다!"

흑로는 멈추지 않고 다시 백리서린을 향해 쇄도했다.

온몸의 진기를 불태운 흑로의 발악 섞인 일격은 와삼으로서도 쉬이 막을 수 없어 보였다.

하지만 와삼은 결코 피하지 않았다.

'아가씨, 반드시 지켜 드릴 것입니다.'

와삼은 쇄도하는 흑로는 아랑곳 않고 뒤에 쓰러져 있는 백리서린을 힐끗 쳐다봤다.

백리서린도 흐릿한 시선으로 자신의 앞을 가로막은 와삼을 바라보고 있었다.

와삼은 두 다리로 서 있는 것조차 힘들어 보였다.

그리고 그의 눈을 잠시 마주한 순간, 백리서린은 직감할 수 있었다.

와삼이 흑로의 흑조를 자신의 몸으로라도 막아설 것임을.

'안 돼요, 안 됩니다. 아재! 아재!!'

입을 벙긋거렸지만 목소리는 새어 나오지 않았다.

그녀는 손을 저어 그더러 비켜서라 하고 싶었지만, 피를 너무 많이 흘린 듯 몸은 그녀의 뜻과 상관없이 움직여지지 않았다.

"이노오옴!!"

결국 검조차 제대로 들지 못할 만큼, 지친 와삼은 득달같이 달려든 흑로를 온몸으로 받아 냈다.

푸욱!

날아온 와삼의 검을 튕겨 낸 흑로의 흑조는 정확히 와삼의 쇄골상와에 박혀 들었다.

흑조가 박혀 들자, 와삼은 꾸역꾸역 피를 흘려 내면서도 자신의 몸에 박힌 흑조를 양손으로 꽉 잡았다.

"이…… 이!!"

흑로는 자신을 끌어안은 채 쇳덩이처럼 굳어 버린 와삼을 옆으로 던져 버리려 했지만, 그는 꿈쩍도 하지 않고 힘겹게 입을 열었다.

"아…… 아, 안 된다. 이놈……."

"꺼지란 말이다! 꺼져!!"

흑로는 기어코 자신이 끼고 있던 흑조를 양손에 벗어 내고 와삼을 옆으로 던져 버렸다.

덕분에 흑로를 놓친 와삼이 힘없이 바닥을 구르고, 그제야 흑로가 바닥에 떨어진 검 한 자루를 늘어뜨린 채 백리서린을 향해 다가왔다.

"지긋지긋한 너와의 연도 끝이다, 이년."

"아직은 아니지."

하지만 와삼의 희생은 헛되지 않았다.

어느새 아귀 가면들을 휩쓸고 나타난 윤후는 흑로의 옆구리를 발로 걷어찬 것이다.

다시 한 번 윤후 때문에 그녀를 죽일 기회를 놓친 흑로의 입에서 괴성이 터져 나왔다.

"으아아아!! 네놈! 네놈이!!"

입에 가득 물게 된 흙먼지를 울컥 솟아오른 핏물과 뱉어
낸 흑로의 앞으로 검을 거두어들인 윤후의 주먹이 안면으
로 날아왔다.

안면에 날아온 윤후의 주먹을 정면으로 맞아 낸 흑로가
피를 뿜으며 고개가 돌아갔다.

윤후는 그에 그치지 않고 그의 멱살을 잡고 그를 들어
올렸다.

"따라와. 아직 너와는 할 얘기가 많으니까."

"……네, 네놈을……."

흑로는 턱이 돌아가 말도 제대로 나오지 않는 입술을 벙
긋거리며 중얼거렸다.

그런 흑로의 말은 아랑곳 않고 그의 멱살을 끌고 공녀의
곁으로 다가간 윤후는 그를 땅바닥에 쓰러트린 뒤, 그의
혈도를 짚었다.

자살하지 못하게끔 손가락 하나 까딱하지 못하게 혈도를
짚은 윤후는, 그가 지켜보는 앞에서, 공녀의 안위를 살폈
다.

"젠장……."

공녀는 한눈에 보기에도 깊은 상처를 입고 있었다.

눈을 가늘게 끔뻑거리는 것으로 보아, 아직 의식은 있었지만, 상흔들이 너무 깊어 언제 즉사할지 모를 것처럼 보였다.

윤후는 빠르게 그녀를 점혈해 지혈하고, 가까이 떨어져 있던 와삼에게도 다가갔다.

와삼은 심각할 정도로 숨을 헐떡거리며 사경을 헤매고 있었다.

윤후가 그에게 다가가 그의 손을 잡고 끌어안자, 그나마 의식이 남아 있었던 듯 미약한 숨을 들이쉬면서 입을 열었다.

"고, 공자…… 아, 아, 아가…… 씨는……."

"위중합니다."

"부, 부, 부…… 탁, 탁……."

"대협의 몸부터 추스르시지요. 위중합니다, 지금."

윤후는 그리 말한 뒤, 속에서 울컥 솟아오르는 울혈을 입 밖으로 토해 냈다.

이미 윤후 또한 온몸이 만신창이였다.

상단전에서 가시로 찌르는 듯한 고통은 주기적으로 계속되고 있었고, 계속된 싸움으로 인해 그 또한 한 걸음 내딛기가 쉽지 않았다.

"후우…… 후우."

그는 거친 숨을 내쉬면서 우선 피가 흐르고 있는 와삼의 몸을 지혈해 준 뒤, 다시 흑로를 향해 걸어갔다.

흑로는 윤후에게 혈이 짚여 눈만 끔뻑거리고 있었다.

그런 흑로의 아혈만을 풀어 준 윤후는 그의 턱을 붙잡고 입안으로 손가락을 들이밀었다.

"잘 들어. 지금부터 네 이빨을 하나씩 뽑을 거야. 내 질문에 얼마나 성실히 대답하느냐에 따라 살고 죽는 게 결정된다."

윤후의 말에 흑로는 가소롭다는 듯 낮게 웃었다.

그때 흑로의 온몸에 핏줄이 불거지기 시작했다.

동시에 이상함을 느낀 그의 입안에 손을 넣고 있던 윤후가 다시 아혈을 짚었지만, 마치 혈도가 사라진 듯 흑로는 아무렇지도 않게 입을 열었다.

"나는 이곳에서 대업을 위해 뼈를 묻으려 했다. 네놈이 개입된 순간부터, 이미 폭혈단(暴血丹)을 삼켰지. 내가 그만한 준비도 하지 않았을 것 같으냐…… 클클."

폭혈단.

종래에는 약을 삼킨 시전자가 칠공에서 피를 뿜으며 신

체의 살점 조각 하나하나가 폭발한다는 저주받을 단약.

"안 돼!"

윤후는 이미 칠공에서 피가 흐르기 시작하는 그를 보며 그의 멱살을 잡아챘다.

"죽으면 안 된단 말이다!"

윤후는 그의 신체가 폭발하기 직전까지 그를 놓지 않았다.

지금 흑로가 죽으면, 윤후는 어디에서도 형의 죽음에 대해 책임이 있는 자를 찾을 수 없게 됐다.

간절한 눈동자로 흑로를 응시하던 윤후의 얼굴이 흘러내리는 눈물과 함께 일그러졌다.

하지만 윤후의 바람과는 달리 흑로의 몸은 점차 팽창되어 가고 있었다.

잇달아 혈도 자체가 사라진 흑로는 자유로워진 두 손을 뻗어 윤후의 허리를 끌어안았다.

"너는 나와 함께 이곳에서 삼생의 업을 끊자. 대업을 위해."

흑로의 외침과 함께 윤후의 눈이 부릅떴다.

그리고 엄청난 폭발이 눈 깜짝할 새 윤후의 전신을 뒤덮었다.

촤아아아악—!

윤후는 순식간에 눈앞에 붉은 핏방울로 번져 가는 것을 느끼며 실 끊어진 인형처럼 흑로와 함께 힘없이 날아갔다.

그 잠깐의 의식 동안 윤후의 머릿속엔 수많은 일들이 주마등처럼 스쳐 지나갔다.

'그래, 세상에 방심한 거지. 그런 거야.'

눈을 끔뻑이고 있건만, 눈꺼풀이 눈가에 닿는 감촉이 느껴지지 않았다.

머리가 타종을 울리듯 빙빙 울렸고 호흡은 가빠 왔다.

윤후는 허탈하게 웃었다.

시팔.

그렇게 윤후는 바닥에 대자로 쓰러진 채 서서히 흐려지는 의식 속에서 바닥을 나뒹굴었다.

4장
끈

백리장천(伯籬張天).

한 자루 검으로 일어나, 천하를 오시했다는 그는 본래 맹주의 자리에 오를 수 없는 몸이었다.

만약 군무맹 내부의 직계 가문인, 선우철가(善虞鐵家)의 전대 맹주가 씨가 있었다면 그는 원로의 수좌 자리에 올랐을 것이다.

하지만 씨가 없었던 선우철가의 맹주는 당대의 가장 현명한 후기지수였던 백리장천에게 후계를 넘겼고, 모든 시험을 통과한 그는 홍명공검을 진일보시켰다는 세간의 평가를 받으며 새로운 맹주에 올라섰다.

덩달아 그의 가문인 백리명가(伯籬張天) 또한 가주 직계의 가문으로 입지를 다졌다.

군무맹의 회합이 이루어지 하루 전, 육선은 철창 안에 갇힌 적우를 찾았다.

적우는 심문을 받고 있었고, 이번 사태에 대한 수많은 질문을 견뎌 내고 있었다.

육선도 의아함이 있기는 마찬가지였다.

해서, 그는 적우가 이번 일과 관계가 있다는 보고를 받자마자 그를 따로 끌어내 직접 심문을 하기 시작한 것이다.

육선이 뒷짐을 진 채 철창을 응시하자 적우가 실실거리며 웃었다.

"오실 줄 알았습니다. 한 번은."

"단독 행동을 한 이유가 무엇이냐."

십팔병귀는 단독 행동이 불가능했다.

단독 행동을 하다가 적발될 경우 그 처벌은 꽤나 강력했다. 적우는 그 모든 사실을 알고 있으면서도 그리하였고 육선은 그런 일을 한 이유가 궁금했다.

"꽤나 영리하다고 판단했다, 나는 너를."

십팔병귀로서 오랫동안 버텨 오며 살아온 것만 해도 육선은 적우를 높게 평가했다.

무엇보다 그를 높게 평가한 것은.

"네가 하종문 노사께서 수련시킨 수제자임을 알기에 더욱 신뢰했다. 너는 그런 나의 믿음에 지금껏 반한 적이 없고, 앞으로도 그러할 거라 생각했지."

그의 말에 적우의 눈빛에 이채가 흘렀다가 사라졌다.

하종문 노사에 관한 이야기는 적우로서도 처음 듣는 이야기였기 때문이다.

"알고 계셨네요."

"오랜 세월이다. 길다면 긴 세월이지. 너를 십팔병귀에 배속시킨 이후부터 나도 놀지만은 않았다."

육선은 꽤나 단단한 사람이다. 적우는 그에게 지금껏 방

심했다는 생각을 쉬이 지울 수가 없었다. 이윽고 뒷짐을 지고 선 육선의 눈빛이 적우의 폐부를 꿰뚫듯이 날카롭게 빛났다.

"네 배후에 누가 있더냐. 넌 누구보다 네 자리에 책임이 있는 녀석이었다. 그런 너를 단독으로 움직이게 했다면, 그럴 듯한 이유로 널 끌어들인 자가 있을 터. 군무맹 내부에 누구냐. 누가 널 단독으로 움직이게 했더냐."

"그게 중요합니까?"

대뜸 물어오는 적우를 향해 육선의 눈이 빛났다.

"하면 무엇이 중요하더냐."

"제가 우군사께서 주신 신뢰를 저버린 것이 중요한 것 아닙니까."

"그래, 그럼 왜 그리 하였더냐."

"제게는 사형제가 있습니다."

사형제가 있다는 이야기는 그로서도 처음 듣는 이야기였다.

이미 은거해 사라져 버린 하종문 노사의 수제자가 있다는 이야기가 퍼진다면, 군무맹 내부도 들썩거릴 만한 이야기였다.

"그분의 독문절기를 모조리 이어받은 이가 있다? 하면

이번 일의 중심인물 백윤후가 바로 그 사형제렷다?"

"예."

"하종문 노사라면, 자신의 인과를 제자들이 이어받지 않기를 바라셨겠지. 좋다, 그럼 이번 일은 단순 시 사형제를 지키기 위한 단독 행동이었다는 이야기더냐."

"그렇습니다. 만약 그러한 일이 다시 생긴다면, 저는 또다시 같은 선택을 할 겁니다. 그러니 죄를 물으신다면 그리하시지요."

적우는 그 말을 끝으로 입을 꾹 닫았다.

더 이상 입을 열지 않겠다는 그의 결연함 때문이었을까, 육선도 입을 닫은 채 잠시 아무 말이 없었다.

하지만 여전히 풀리지 않는 의문이 있는 듯 육선의 눈은 날카롭게 빛나고 있었다.

그는 잠시 철창 사이로 적우를 응시하다가 나지막한 목소리로 물었다.

"하나만 더 물으마."

적우가 대답 대신 그를 올려다보았다.

그러자 육선의 말이 이어졌다.

"너는 여전히 십팔병귀더냐. 아니, 나의 사람이, 군무맹의 사람이 맞더냐."

육선의 물음에 적우의 눈빛이 세차게 흔들렸다.

*　　*　　*

"차도는?"

"……의식을 잠시 차리셨습니다."

의원이 고개를 숙이며 대답했다.

용의 수실이 새겨진 흰색 장포를 입고 있던 중년인이 고개를 무겁게 끄덕여 침상에 누워 있던 백리서린을 그윽한 눈길로 응시했다.

그는 늘어뜨려져 있던 천을 걷고 침상 안쪽으로 들어섰다.

백리서린은 하얗게 질린 얼굴로 눈을 파르르 떨고 있었다.

그녀는 무슨 말을 하려는지, 입을 벙긋거리기 시작했다. 입을 벙긋거리는 그녀를 향해 백리장천이 그녀의 입술 가까이 귀를 내밀었다.

"아, 아버님…… 와…… 와삼은……."

와삼을 염려하는 그녀를 향해 백리장천이 그녀의 이마를 손으로 쓸어내리며 대답했다.

"와삼은 괜찮다. 맹의 모든 명의들이 너와 와삼에게 붙었다. 그러니 마음 놓고 편히 쉬거라. 아비가 네 곁을 지킬 것이다."

나지막한 백리장천의 음성을 들은 탓일까, 그제야 그녀는 눈꺼풀을 감으며 다시 의식을 잃었다.

그녀가 깊은 잠에 빠지고 나서야 백리장천의 눈빛이 싸늘하게 가라앉았다.

그녀를 뒤에 두고 돌아서 침상 밖으로 나온 그가 무겁게 입을 열었다.

"아선."

방 밖에서 기다리고 있던 푸른 장삼의 중년인이 미닫이 문을 열고 들어섰다.

"찾으셨습니까, 맹주님."

이마가 훤히 드러날 만큼 머리가 짧은 푸른 장삼의 중년인은 일견 보기에도 딱딱한 목석같은 사내였다.

눈 밑의 일자로 난 검상과 차가워 보이는 눈동자, 곧게 솟은 콧날과 날렵한 턱선 밑에 덥수룩이 자란 수염을 지니고 있는 사내는 자신을 부른 맹주 앞에 부복했다.

"지금 죄인은 어디 있나."

"아직 깨어나지 못하고 있습니다. 담당 의원의 말에 의

하면 사경을 헤매고 있다고 합니다."

"……사마련의 입장은?"

"아직 달리 별말이 없습니다. 하나, 소인이 한 말씀 올려도 되겠습니까."

"말해 보라."

뒷짐을 지고 선 백리장천이 고개를 까딱였다.

그의 말에 백리장천의 최측근 호위이자, 사마련의 마인들이 모두 두려워한다는 월백신위대(月魄神位隊)의 대주 아선이 재차 입을 열었다.

"아백의 보고로는 이번 사태로 말미암아 개전하자는 목소리가 점차 커지고 있다고 합니다. 물론 공녀께서……."

아백은 월백신위대의 후방을 맡아 주는 맹주 직속 대대, 월아천망로(越牙天網路)의 대주였다.

그들은 외부 정보들 같은 경우에는 군사들과 원로들 직속하에 있는 대대들과 교류하지만, 군무맹 내부의 움직임들은 독단적으로 움직여 맹주에게만 보고하는 대대였다.

그리고 그런 그들이 유일하게 교류하는 곳이 같은 맹주 직속하의 호위 대대 월백신위대였던 것이다.

그런 월아천망로의 보고를 바탕으로 말을 잇던 아선이 잠시 말을 멈췄다.

아비의 입장에서 이 이야기가 어떻게 들릴지 염려된 탓이다. 잠시 아선이 말을 멈추자 백리장천이 그의 마음을 헤아린 듯 입을 열었다.

"나는 한 아이의 아비이기 전에, 천하를 수호하는 본 맹의 맹주이다. 모든 것을 감내해야 하는 자리이니 받아들일 수밖에. 그러니, 얘기해 보라."

"예, 분명 지금까지의 모든 상황들에 대한 추정 세력이 거의 확실하다시피 할 만큼 사마련의 소행으로 입증됐습니다만…… 아무래도 제삼의 세력이 있는 것이 아닌가 싶습니다."

"그에 대한 근거는?"

"아직은 물증이 잡힌 것이 없습니다, 하나 너무 쉽습니다. 일전에 사마련 교주와 비공식 회합을 가지신 적이 있지 않습니까. 그의 생각은 분명……."

"유화였지. 특별하다싶을 만큼."

유화(宥和).

강호인들이 이 이야기를 들었다면 경악을 금치 못했을 만한 말이었다.

거대한 전투의 주인공은 늘 군무맹과 사마련의 전면전이었기 때문이다.

하지만 평화는 꽤나 길었고, 그 긴 평화 동안 사마련과 군무맹은 음지에서만 늘 부딪쳐 왔다.

하나 백리장천이 맹주의 자리에 오른 이후부터는 그 소규모 전투마저 거의 사라져 버린 것이 오래였다.

그저 천하의 각지 동향들에 대한 정보 전쟁만이 두 세력 사이에 있었다.

마침내 얼마 전에 이어진 사마련 련주와의 회합은 지금까지의 모든 갈등을 종식시킬 만큼 엄청난 일이었다. 오십 년을 더 이어 가자는 평화 조약을 맺은 탓이다.

사마련 내부에서는 이미 평화를 유지하는 것에 조율이 끝난 듯했고, 맹주 또한 맹의 수뇌들과의 회의를 통해 그 결정을 수락했다.

그리고 앞으로 향후 오십 년간은 전쟁이 일어나지 않을 것처럼 보였다.

하지만 전혀 일어날 것 같지 않았던 도발은 이미 시작되는 것처럼 보였다.

확실히 이번에 벌어진 일련의 상황들은 더 이상 군무맹이 묵과할 수 없는 일이기도 했다.

"이미 명분은 섰다. 네 말대로 원로들이 전쟁을 한 목소리로 말한다면, 그들은 지금까지의 결과물들을 근거로 이야기하는 것이지. 내가 만약 전쟁을 원치 않는다 하더라도 일은 벌어질 것이다."

"너무 쉽습니다. 사마련이 대놓고 이런 일을 벌이는 것이…… 지금까지의 상황과는 앞뒤가 맞지 않는 듯합니다."

"결국 너의 말을 입증하기 위해선……."

"이 모든 일의 휘말린 죄인의 역할이 필수 요소라고 봅니다. 제가 직접 그를 심문하고 싶습니다."

"조치해 두마. 한데 죄인이 백 가주의 아우였다고?"

"예. 하나 이번 일에 휘말려 본 맹과 척을 진 가문이 되었습니다."

"본 맹에 대해 노여움을 품고 있을지도 모르겠군. 그리고 그 노여움이 본 맹을 향한 칼이 되었다면 노선을 바꿀지도 모를 일이야."

미간을 찌푸린 백리장천의 얼굴에 수심이 깊어졌다.

사마련 관련자들에 대해 끔찍한 형벌인 육화지옥의 명을 내린 것은 어찌 됐건 맹주인 자신의 지시였기 때문이다.

하지만 맹주도 어쩔 수 없었다.

원로들은 대부분이 사마련에 대해 적개심을 품고 있는 이들이 대다수였고, 그들은 이번 사태를 묵과할 것을 원치 않았다.

아무리 맹주라 할지라도 어쩔 수 없는 선택이었다.

강경한 명을 내리지 않았다면 군무맹의 내분은 가속됐을 게 빤했던 탓이다.

그의 착잡한 눈동자에 아선의 눈빛도 덩달아 무거워졌다. 이윽고 아선이 조심스럽게 그에게 입을 열었다.

"분명 깊은 사연이 있을지도 모를 일입니다. 그리고 그 뒷배경을 조사한다면 흑막에 있을 진짜 주동자가 나올지도 모를 거라 생각합니다."

백리장천이 고개를 끄덕이며 계속해서 입을 뗐다.

"분명 네 말도 일리가 있어 보인다만, 현재 나온 증좌들은 온통 사마련이 본 맹에게 칼날을 겨눴다는 걸 증명하는 것밖에 없다. 현재로써는 그들일 가능성이 크다. 표리부동(表裏不同)의 책을 쓰고 있는지도 모르지."

겉과 속이 다르다는 말.

어쩌면 진정 그들이 원하는 것일지도 몰랐다. 겉으로는 유화적인 척 하면서 전쟁을 준비하고 있는 것.

전면전을 고려하지 않았을 군무맹으로서는 이번 일이 당연히 사마련의 짓이라고 여길 수밖에 없었다.

무엇보다 그들이 건드린 것은 보급의 중심이었다.

보급은 어떤 집단이든 가장 중요한 요소다.

병장기부터 시작해, 군무맹이 움직이는 모든 활동 반경을 지원해 주는 역할을 하는 탓이다. 그런 가문들 대다수가 사마련과의 암거래가 있었다는 죄목으로 모두 끌려오거나 혹은 가문이 무너졌다. 만약 그들이 전면전을 치르기 위한 준비 단계로 이 모든 일을 벌였다면, 군무맹은 분명 다음 전면전을 대비해야만 했다.

그렇기에 맹주는 우선 아선에게 독단으로 움직이라고 지시했다.

"나는 혹여 모를 사태를 대비한 움직임을 보일 것이다."

전쟁의 수순을 밟겠다는 의미.

하나 그 속내에는 이번 일의 확신한 진실을 밝히겠다는 결연함도 섞여 있었다. 하여 백리장천은 이번 일의 진실을 밝히는 데 아선을 중용할 작정이었다.

좌군사에게 이번 일을 모두 맡기기는 했으나, 좌군사의 보고로는 충분치 않았기 때문이다.

오정원은 보고에 확실한 증좌들을 기반으로 한 일들만 올려 두었다. 백리장천은 그 이면의 진실들까지 파악하고자 했고 그 일을 하기 위해선 아선이 적임자였다.

백리장천은 부복한 채 조용히 입을 닫고 있는 아선을 향해 당부하듯 다시 말문을 열었다.

"은밀히 행해야 할 것이다."

그도 그럴 것이 공식적으로 이 일을 맡고 있는 것은 좌군사였다.

직접 맹주가 하명하고도, 따로 일을 캐낸다면 분명 좌군사의 입장에서는 맹주의 움직임이 불편할 수 있었다.

무엇보다 일을 맡겨 놓고 또 다른 정보망을 움직인다는 것은 신뢰의 문제에 봉착하게 되는 경우였다. 결국 맹주가 직접 내부의 분열을 일으키는 장본인이 될 수도 있는 사안이 되어 버리는 것이다.

그렇기에 백리장천이 염려하는 것도 분명 당연한 일이었다. 아선도 그 사실을 익히 알고 있기에 고개를 숙이며 대답했다.

"맹주님께 누를 끼치지 않도록 움직이겠습니다."

*　　*　　*

방 안에는 약재 냄새가 진동했다.

침상에 쥐죽은 듯 누워 있던 사내의 손가락이 조금씩 까딱거리며 움직이기 시작했다.

침을 꽂고 있던 의원의 눈에 이채가 흘렀다.

점차 사내의 눈꺼풀이 떨리며 의식이 돌아오는 듯하자 의원이 문 밖의 사람들을 불렀다.

"의식이 돌아오고 있소!"

군무맹 소속 의원의 외침에 밖에서 대기하고 있던 심보가 직접 방 안으로 들어왔다.

동시에 서서히 눈을 뜨기 시작한 윤후도 자신을 내려다보고 있는 의원과 심보를 점차 뚜렷하게 보기 시작했다.

"……여긴…….."

"지옥이다."

윤후에게 그리 좋지 못한 감정을 가지고 있는 심보가 이죽대며 입을 열었다.

이죽대는 심보와 함께 윤후의 눈이 가늘어졌다.

"군무맹이군."

윤후는 욱신거리는 온몸을 직접 가누려 했지만 침이 꽂혀 있는 몸은 쉬이 움직여지지 않았다.

아직 살아 있다는 것이 더 용했다.

흑로의 몸이 폭발한 순간부터 모든 기억이 끊겼다. 이내, 윤후가 조용히 눈을 감았다.

눈을 감은 윤후의 눈에서 뜨거운 눈물 한 방울이 흘러내렸다.

다시 생생하게 떠오르는 아픈 기억들이 의식이 차려진 뒤 한꺼번에 몰려진 탓이다.

믿을 수 없었던 형의 죽음.

마지막 피붙이마저 잃어버린 지금의 상황이 윤후는 새삼 믿기지 않았다.

아직도 환하게 웃는 형이 있는 집이 남아 있을 것 같았다.

살아 있다는 것이 저주였다.

차라리 죽어 버렸다면, 모든 것을 내려놓을 수 있었을까.

사라져 버린 형의 부재가 마음을 공허하게 만들었다.

윤후는 입술을 꽉 닫은 채 서러운 눈물을 쏟아 냈다.

조용한 오열, 침묵하는 슬픔.

그런 윤후를 내려다보는 심보의 눈빛도 조금은 흔들렸다.

그가 깨어나자마자 오열할 것이란 생각은 예상치 못한 탓이다.

"……잠시만…… 아주 조금만 혼자 있고 싶소."

조용히 오열하던 윤후가 착 가라앉은 눈동자로 심보를 바라봤다.

심보는 그런 윤후의 눈빛을 마주한 순간, 잠시 할 말을 잃었다.

그에게 좋지 못한 감정이 있기는 하지만 가족을 잃은 것을 아는 탓이다. 당장 그를 끌고 오라는 명령 또한 없었기에 심보는 고개를 끄덕였다.

"육공께서 은혜를 베푸는 것인 줄 알아라. 내가 다시 돌아올 땐 더 이상 세월 좋게 누워 있을 순 없을 것이야."

심보는 가기 전까지 독설을 내뱉고는 차갑게 돌아섰다.

돌아서는 심보가 침이 들어 있는 목갑을 정리하는 의원을 향해 입을 열었다.

"할 일이 끝났으면 나가시오."

잔뜩 곤두 서 있는 심보의 목소리에 의원이 고개를 저었다.

"아직 할 일이 끝나지 않았소."

의원의 말에 알겠다는 듯 고개를 까딱인 심보는 다시 방 밖으로 빠져나갔다.

직속상관이나 다름없는 원로들에게 윤후가 깨어났다는 사실을 보고하기 위해서였다.

이윽고 심보가 사라지자 의원의 눈빛이 빛났다.

동시에 윤후도 다시 무겁게 눈을 감았다 떴다. 다시 뜬 윤후의 눈은 다시 차갑게 식어 있었다.

윤후가 의원을 마주 보며 입을 열었다.

"턱 부위의 살색과 목 부위의 살색이 미세하게 다르오. 누군지는 모르겠으나, 좀 더 신경 쓰는 편이 나을 거요."

단도직입적인 윤후의 말에 의원의 눈에 이채가 흘렀다.

잇달아 의원이 입술 위에 검지를 가져다 대며 전음을 시전했다.

─내가 누구인지는 중요하지 않소. 단지, 당신에게 들을 말이 있는 것이 중요하지.

의원은 다름 아닌 백리장천의 명을 받은 아선이었다.

아선은 다른 이들의 이목을 숨기기 위해 의원으로 위장했고, 덕분에 손쉽게 윤후에게 접근할 수 있었다. 아선의 등장에 윤후는 고요한 눈빛으로 그를 바라봤다.

밖에 원로의 귀가 많으니 윤후 또한 그의 바람대로 잠시 입을 닫은 것이다. 윤후가 입을 다물고 가만히 있자 아선의 전음이 이어졌다.

─이제부터 내 말에 눈을 깜빡여 주시오. 맞으면 한 번, 틀리면 두 번. 당신의 대답 여하에 따라 많은 상황들이 바뀔 수도 있다는 점 유의해 주길 바라오.

아선의 말에 윤후의 눈이 한 번 깜빡였다.

─당신이 지나간 자리에 남겨진 검상들이 삼외옥에 있던 것과 동일했소. 해서, 육공은 당신이 이번 일의 주모자들에 대해 많은 사실을 알고 있다고 생각하오. 어쩌면 그들과 긴밀히 연락을 취하는 연락책일 수도 있다고 추정되는 바이지. 무엇보다 당신 말고는 그들의 진면목을 아는 이가 지금으로써는 전무하오. 대부분 죽거나 사라졌지. 보급을 책임지는 가문들의 수장들 또한 그저 치부를 들키지 않기 위해, 그들의 말에 따랐을 뿐. 전부 다 그들의 진면목에 대해 아는 자는 없지. 하나, 당신은 살아남았고, 나는 당신에게 많은 이야기를 들을 수 있을 거라고 확신하오. 적어도 나는.

그의 긴 이야기에 윤후는 눈 한 번 깜빡이지 않았다.

그런 윤후의 고요한 눈동자를 내려다보며 아선의 전음이 계속 됐다.

─삼 외옥에서 당신의 입장은 무엇이었소? 아니, 왜 그곳으로 간 것인지 나는 궁금하오. 우연의 일치요, 아니면

그들의 움직임을 예상한 것이오?

아선은 윤후가 적들과 교류가 있다는 전제를 우선 접어 두고, 그가 적들과 교류가 없다는 사실을 전제에 깔고 질문을 시작했다.

그의 질문에 윤후는 부정하지 않고 눈을 한 번 깜빡였다.

그의 대답에 아선의 눈이 빛났다.

—만약 예상을 했고 그들과 전투를 했다면, 당신이 개입하기 시작한 시점은 언제부터요? 삼외옥부터요, 아님, 그전부터 그들과의 갈등이 있었소? 삼외옥 사건 이전이면 한 번, 삼외옥부터라면 두 번 깜빡여 주시오.

윤후는 그의 물음에 잠시 아무런 의사 표시를 하지 않았다.

다만, 침묵을 지키고 있을 뿐이었다.

그의 묵묵부답에 아선의 눈썹도 서서히 역 팔자로 휘기 시작했다.

—나는 말했소. 이 대답 여하에 따라 많은 것들이 바뀔 수 있다고. 만약 지금 일어나는 상황들의 조금이라도 억울한 것이 있고 그걸 내가 해결해 주길 바란다면 당신은 내게 조금 더 솔직해져야 할 것이오.

아선의 대답에도 불구하고 윤후는 쉬이 이번 질문에 대한 대답을 하지 않았다.

그의 머릿속에 많은 것들이 지나가고 있었던 탓이다.

'좌군사를 위해서가 아니라, 그의 자리가 흔들리면……
내가 개인적으로 이용할 수 있는 유일한 정보통이 사라진다. 사자은이는 별반 소식이 없으니 오로지 정보를 의지할수 있는 건 좌군사뿐.'

윤후가 생각하고 있는 바는 마치 아선이 던진 질문의 요지와는 상관없어 보였지만, 실제로는 그와 달랐다.

그는 아선의 질문이 무엇을 바라고 한 것인지 그 중심의도를 정확히 꿰뚫어 봤기 때문이다.

'나의 뒤에 누군가 있다고 확신하고 있어.'

윤후는 아선이 던진 질문의 그 다음 질문을 예상한 후,어떤 대답을 할지 고심하고 있었다.

그리고 이렇게 시간을 끄는 것이 그에게 어떻게 작용할거라는 것도 알았다.

하지만 때론 아무 말도 하지 않는 편이 더 득이 될 때가있었고, 윤후는 지금이 그런 때라고 생각했다.

이윽고 대답이 없는 윤후를 향해 한차례 미간을 찌푸려보인 아선이 고개를 갸웃거리며 다시 질문을 던졌다.

─영리하다고 칭찬을 해 줘야겠소. 내 질문의 요지를 파악했구려, 하나 침묵 또한 새로운 대답이라는 걸 당신도 알지 않소.

아선의 말이 옳았다. 침묵은 또 하나의 대답.

다시 말해 윤후의 배후에 누군가 있다는 걸 확인시켜 준 꼴이라는 것을 말한 셈이었다.

─군무맹 내부 사람일 가능성이 높아 보이는데, 내 말이 틀렸소?

가늘어진 아선의 눈동자가 폐부를 꿰뚫듯 날카롭게 빛났다.

동시에 아선은 묵묵부답인 윤후를 끌어내고자 강경한 태도를 보였다.

─우군사를 지키기 위함이요? 이번 사건에 십팔병귀 중 하나인 적우가 걸려들었다고 이야기 들었소만, 그가 당신을 도왔다면 응당 십팔병귀의 상관인 우군사가 당신의 배후일 터. 이미 아는 사실을 왜 숨기는 걸까…… 나는 그것이 더 궁금해졌소. 그 말은 곧 당신의 배후가 우군사가 아닌 누군가를 이야기한다는 것.

아선의 말에 윤후는 잠시 잊은 사실을 떠올려야 했다.

적우의 개입.

그 말은 곧 우군사가 배후일 수도 있다는 사실을 가리키기도 했던 것이다.

아선은 정확히 그 사실을 저변에 깔아 두고 윤후를 심문하고 있었다.

윤후는 새로운 돌파구가 필요했다.

이제 와서 우군사가 자신의 배후라고 거짓을 이야기하는 것보다 있는 사실을 버무려서 아선이 흡족할 만한 대답을 주는 게 더 나았다.

짧은 시간 안에.

이윽고 윤후가 눈을 두 번 깜빡였다.

우군사가 아니라는 이야기.

아선의 눈에도 이채가 흘렀다.

—그럼 누굽니까. 좌군사입니까.

그의 추궁에 윤후는 그가 누구의 사람인지 금세 알 수 있었다.

내부 사정에 밝은 자.

모든 기밀에 가까운 사내는 그리 많지 않았다.

원로 쪽에서는 자신을 붙잡고 있는 것이니, 따로 사람을 보낼 리 없었다.

그렇다는 말은 군무맹 최고의 권력자 맹주의 사람이라는

확률이 높다는 이야기였다.

이윽고 윤후가 상체를 억지로 일으켰다.

그의 몸에 박혀 있던 침들이 좌우로 흔들거렸다.

갑자기 일어나려 하는 윤후를 향해 아선의 전음이 다시 들려왔다.

—무리할 건 없소.

윤후는 아선의 전음과는 상관없이 자신의 몸에 꽂혀 있는 침을 빠르게 빼내며 그를 노려보듯 응시했다.

그는 미약하게 흐르는 진기를 억지로 끌어내 전음을 시전 했다.

—당신은 맹주가 보낸 사람이군.

윤후의 말에 아선은 아무런 반응을 보이지 않았다.

이번에는 윤후 쪽에서 재차 전음을 시전 했다.

—당신이 이야기한 대로 침묵은 긍정의 대답일 때가 더 많소. 그래, 맹주께서 내게 뭘 알아오라고 시키더이까.

—……짐작을 확신처럼 하는 건, 도리어 양날의 칼이 될 수 있음이오.

—부정할수록 내 확신이 더 굳어지는 건 왜일 것 같소?

윤후는 물러서지 않고 아선이 맹주의 사람임을 확신했다.

아선은 여전히 그에 대해 쉬이 입을 열지 않았다.

감춰야 할 이유가 있다고 생각한 윤후는 화제를 돌렸다.

―굳이 이야기할 수 없다면, 듣지 않아도 좋소. 그 전에 당신이 물어본 질문에 대답을 하지.

윤후의 대답에 아선이 그를 담담한 눈길로 응시하며 고개를 끄덕였다.

―적우. 그가 나와 함께 한 배후이자, 핵심 인물이었소. 형의 누명을 벗기기 위해 나는 움직여야 했고, 그가 이 모든 일을 도왔소. 우군사가 그것을 아는지 모르는지는 알 수 없으나 적우는 내게 사형제간의 도리를 하기 위해…… 목숨을 걸고 임해 주었소.

윤후는 좌군사에 대해 언급하지 않고, 대신 적우에 관한 이야기를 꺼냈다.

적우와 사형지간이었던 것은 응당 사실이었고, 그가 자신을 도운 것 또한 이미 밝혀진 일이었으니 더 이상 아선이 물고 늘어질 만한 게 없어진다고 생각한 것이다.

그리고 윤후의 생각대로 아선도 더 이상 윤후의 배후에 대한 질문을 할 만한 단초가 없었다.

그런 탓일까? 아선이 새로운 화제를 꺼내기 시작했다.

—그럼 반대로 묻지. 만약 당신과 척을 진 무명인(無名人)들의 정체는 무엇이오? 정말 사마련이었소?

—그건······.

윤후가 잠시 말을 멈췄다.

동시에 그의 눈빛이 가라앉았다.

기실 그들의 진짜 정체는 윤후도 알지 못했다.

그들이 남긴 사물의 기억을 지금껏 읽으면서, 그들을 쫓았지만 그들이 한 말은 오로지 '대업' 뿐이었다.

대체 그들이 원하는 대업이란 것이 무엇일까.

여전히 그 의문은 윤후의 머릿속에 남겨져 있었다.

그들이 사마련이라는 정확한 징후는 없다는 이야기였다.

사마련일 수도, 사마련이 아닐 수도 있다는 이야기.

이윽고 대답이 없는 윤후를 향해 아선이 의아한 눈빛으로 재차 전음을 시전했다.

—뭘 생각하는 것이오.

—나는······ 그들을 모르오. 다만 확실한 건, 그들이 나의 형을 죽음으로 몬 배후이자, 죽음까지 이르게 한 장본들이라는 것만 알 뿐이지.

윤후의 눈에 잠시 노기와 분노가 함께 일렁였다 빠르게

사라졌다.

반면 잠깐 사이 윤후의 눈에 스쳐 지나간 지독한 분노를
아선도 확실하게 느꼈다.

하지만 일견 보이는 감정의 변화가 윤후가 그들과 확실
히 대척 관계에 있다는 걸 확신할 수 있는 근거는 되지 못
했다.

결국 사실상 아선이 알아낸 것은 전무하다시피 없었다.

윤후의 배후에 있는 인물에 대한 정확한 정보도.

윤후가 어떤 지점에 서 있는지도.

하지만 한 가지 아선이 이 대화로 얻어 낸 것은 단 하
나, 윤후가 어떤 식으로든 계속 이 일에 휘말려 들 것이라
는 점이었다.

'계속 주시해야 하는 건가.'

생각을 정리한 아선이 윤후에게서 떨어졌다. 두어 발자
국 돌아선 아선이 돌아서기 직전, 전음을 이었다.

―한동안은 원로원의 심문을 받아야 할 거요. 그리고 그
들은 만족할 만한 대답이 나올 때까지 당신을 놓지 않을
거요. 어쩌면 죽는 순간까지 그러할지도 모르지.

―억지로 사마련의 하수인이라는 자백이라도 받아 내서,
전쟁을 일으킬 수도 있다는 소리로 들리오.

—그럴지도 모르지.

아선이 쓴 웃음과 함께 대답했다. 그때 돌아서는 아선을 향해 윤후의 전음이 다시 시작됐다.

—당신의 태도로 보아 맹주께서는 전쟁을 원치 않으시는 것처럼 보이오.

—솔직히 얘기해 준다면 전쟁을 억제하는 것만큼, 힘든 일은 없소.

—나는 그들에게 대업이라는 이야기를 계속 들으며 싸워 왔고, 이제 그들이 무엇을 원하는지 정확히 알고 있소.

이어진 윤후의 말에 아선의 고요하게 그를 들여다보았다.

—그들이 원하는 거라면.

아선의 반문에 윤후가 기다렸다는 양 대답했다.

—전쟁. 그들이 원하는 건 전쟁이오. 그러니, 이 전쟁을 막고 싶다면 나에 대한 의심 대신 내부를 살피고 나를 이곳에서.

윤후의 눈빛이 활기로 잠시 되살아났다.

—꺼내 주시오. 분명 수뇌 회합이 코앞일 것 아니오. 그곳에서 내가 아는 바를 모두 설명하겠소.

—내 선에서 할 수 있는 일이 아니오. 그대 자력으로 할

수 있다면 모를까.

　—나의 자력?

　—……잠시 이곳을 지키는 이들이 한눈을 팔게 해 줄
수는 있소.

그렇게 윤후와 여러 말이 오간 후, 그는 미닫이문을 열
고 다시 의원으로 가장해 방을 완전히 떠났다.

그가 사라지고 난 뒤, 윤후는 다시 홀로 남아 눈을 지그
시 감았다. 이제는 정말 혼자였다.

하지만 이대로 누워 있을 수만은 없었다.

'그'의 의도대로 놀아 줄 생각은 추호도 없었다.

　　　　　*　　　*　　　*

의원 위장을 한 아선이 사라지고 난 뒤 얼마쯤 지났을
까.

갑자기 밖이 소란스러워지기 시작했다.

소란이 일고 난 뒤, 별안간 윤후가 누워 있던 문이 벌
컥 열리고 원로원의 명령을 받은 위사들이 급하게 들어섰
다.

고태상을 알현하러 간 심보는 아직 돌아오지 않은 듯했

다. 벌컥 열린 문과 함께 세 명 가량의 위사들이 눈을 번뜩이며 윤후를 찾았다.

윤후가 상체를 일으키며 그들과 눈이 마주치자, 그들의 눈에 의아함이 감돌았다.

"네놈 분명…… 밖에 있는……."

그들이 서로를 보며 놀란 순간, 그들의 뒤로 그림자 하나가 마치 땅에서 솟아오르듯 나타났다.

그림자의 움직임은 민첩하기 짝이 없었다.

가장 후방에 있던 위사의 양어깨를 두 손가락으로 찔러 혈도를 점한 뒤, 그의 등허리를 발로 걷어찼다.

이어서 급히 뒤로 고개를 돌리는 나머지 두 위사의 기압 안으로 불쑥 파고들었다.

눈 깜짝할 새 간격이 좁혀진 그림자를 본 두 위사가 병장기를 곧추 세우려 했지만, 이미 그보다 그들 사이로 파고든 그림자의 움직임이 더욱 쾌속했다.

양옆으로 뻗어진 그림자의 쌍수가 정확히 위사들의 가슴팍을 파고들었다.

위사들은 막을 새도 없이 지푸라기처럼 피를 뿜으며 쓰러졌다.

이어서 하얀 복면을 한 아선이 복면을 벗으면서 입을 열었다.

"내 일은 여기까지요. 곧 다른 위사들이 몰려올 거고, 다른 곳에서도 지원을 요청할 거요. 그전에 회의가 곧 시작할 대전까지 가야 하오. 그건 그대의 몫이지."

"말해 주시오. 맹주님은 무엇을 원하시오."

"내가 그대를 돕는 건, 내 독단적 판단. 전쟁을 막을 만한 한 수가 될 수도 있다는 가능성 때문이외다. 그러니 내가 틀린 판단을 하지 않았다는 걸 그곳에서 입증해 보시오."

아선은 그 말을 끝으로 몸을 돌렸다. 돌아선 아선과 함께 윤후는 그가 보자기에 싸 온 위사 복장을 착용했다.

대전 외원을 지키는 원호오편과 긴밀한 움직임을 맺고 있는 내원 위사들, 추심호양단(錐心護楊團)이 입는 복장이었다.

그들이 쓰는 영웅건까지 머리에 두른 윤후는 핏기 없는 얼굴을 제외하고는 얼핏 추심호양단의 일원처럼 보였다.

이윽고 복장을 다 차려입은 윤후는 쓰러져 있던 위사들이 떨어트린 검 두 자루를 집어 들었다.

월양쌍륜검은 그들에게 압수된 상태였고, 대전 안으로 들어가기 위해서는 어쩔 수 없는 무력 사태도 피할 수 없을 것이다.

끌어낼 진기가 밑바닥을 치고 있었지만, 아선의 말대로 이제부터는 자신의 몫이었다.

어떻게든 대전 안으로 들어가야 했다.

전쟁을 막기 위해서. 아니, 그들의 의도를 저지하기 위해서.

소란이 일어난 처소를 나와 군무맹의 성채 안을 걷기 시작한 윤후는 얼마 지나지 않아 근방을 수색하고 있는 일단의 무리와 마주쳤다.

원로 직속 휘하나 다름없는 동편병격대의 일부였다.

동편병격대는 인피를 뒤집어쓴 윤후를 처음에는 알아보지 못하고 지났다.

스쳐 가는 그들과 함께 윤후의 걸음이 빨라진 순간, 수하들을 이끌고 선두에 있던 삼조장이 문득 걸음을 멈춰 세웠다.

"잠깐."

삼조장의 목소리를 들었음에도 윤후는 걸음을 멈추지 않았다.

군무맹의 내부 위치는 교관으로 머물렀던 윤후도 잘

알고 있었기에, 이곳에서 용명전까지 거리가 적어도 세 개의 전각을 더 지나가야 한다는 걸 알고 있었기 때문이다.

진기도 바닥을 치고 있고, 몸도 성치 않은 마당이다.

동편병격대의 소수 인원이라 해도 윤후가 상대하기에는 버거운 이들이었다.

지금 이곳에서 쫓기기 시작하면, 전각 세 곳을 지나치기도 전에 그들에 의해 끌려갈 게 빤했다.

윤후는 애써 들은 척도 하지 않고 걸어갔고, 이상함을 느낀 삼조장과 그 수하들이 재빠르게 윤후의 앞을 가로막고 섰다. 삼조장은 마치 매의 눈처럼 빠르게 윤후의 복장을 살폈다.

"대전 내부를 지켜야 할 추심호양단이 왜 이곳을 드나드는 것이지? 그것도 홀로…… 교대 시각은 아직 꽤 남아 있는 것으로 아는데."

삼조장의 날카롭게 찌르는 질문에 윤후가 걸음을 멈춰 세웠다.

멈춰 세운 걸음과 함께 윤후의 눈동자가 느리게 그들을 훑었다.

"이름과 추심호양단임을 증명하는 패를 보이시오."

느리게 움직이는 윤후의 눈동자를 노려보며 삼조장의 눈이 뱀처럼 번들거렸다.

동시에 양손에 검 자루를 쥔 윤후의 이마 위로 땀이 흘러내렸다.

저도 모르게 마른침을 꿀꺽 삼키는 윤후와 함께 낌새를 눈치챈 삼조장의 입이 먼저 열렸다.

"놈이다!"

그 순간, 입을 열었던 삼조장이 지푸라기처럼 쓰러졌다.

갑자기 쓰러진 상관을 쳐다보기도 전에 나머지 네 명의 동편병격대가 일제히 지푸라기처럼 쓰러졌다. 그들은 채 누가 나타났는지도 모르게 소리 없이 당했다.

갑자기 쓰러진 동편병격대와 함께 윤후가 고개를 들자, 아선과 그의 양옆에 나란히 선 또 다른 무인들이 보였다.

그들은 검을 검집 채로 거두더니 윤후를 차가운 눈빛으로 힐끗 쳐다봤다.

경계하는 눈치가 틀림없었다. 선두에 있던 아선이 쓰러져 있던 동편병격대에게서 시선을 떼 윤후를 쳐다봤다.

"혹여나 해서, 추격의 끈을 피해 그대를 따라왔소."

윤후가 고개를 까딱이며 입을 열었다.

"고맙소."

"대전까지 전각 세 개를 더 지나쳐야 할 거요. 가능하겠소?"

아선의 물음에 윤후는 재차 고개를 무겁게 끄덕였다.

"곧 지원 병력과 목격자들이 늘어날 거요. 서두르시오."

아선도 맹주가 이번 일에 개입되었다는 것을 누군가에게 보여서는 안 됐기 때문이다.

아선이 수하 둘과 함께 장내에서 빠져나가자마자, 윤후도 다시 걸음을 재촉했다.

이윽고 수하들과 함께 다른 곳으로 이동한 아선은 곁에 따라오던 수하에게 질문을 받았다.

"여쭐 것이 있습니다, 대주님."

"말해라."

"저자를 정말 신뢰할 수 있겠습니까."

"신뢰해서 돕는 것이 아니다."

딱 잘라 말하는 아선을 향해 수하의 눈에 의아함이 감돌았다.

동시에 아선의 말이 잇달아 이어졌다.

"본 맹에 득이 될지, 해가 될지 알 수 없지만, 적어도

한 가지는 확실하다."

수하들의 시선을 마주하며 아선이 깊은 침음성을 삼키면
서 입을 뗐다.

"맹주님께 내리실 결정에 도움이 될 자라는 것."

아선이 수하들과 이야기를 나누고 있을 무렵, 윤후도 이
미 회의가 시작된 용명전 근방까지 도달했다.

아선의 도움을 받은 일을 제외하고, 이곳까지 도달하는
데 다시 제지를 받지는 않았다.

하나 진짜배기 관문은 지금부터였다.

대전 내부를 지키는 위사들은 타격대 대대인 동편병격대
보다 훨씬 무위가 상회하는 집단이었다.

일개 위사들이 타격대 대대보다 무위가 높다는 것은 흔
치 않은 일이었지만, 군무맹의 심장을 지키는 추심호양단
은 중책 중의 중책이었다.

그러니 당연하게도 높은 무위를 지닌 자들로 꾸려진 것
이다.

이윽고 윤후가 대전 근방으로 도달하자마자 눈 깜짝할
새 열 명 가량의 추심호양단이 윤후를 둘러쌌다.

그들 중, 한가운데 서 있던 거한이 윤후를 내려다보며

입을 열었다.

"맹주께서 드셨는데, 왜 이제 나타난 것이냐. 너의 소속을 이야기하라."

언뜻 중년인처럼 보였지만 눈가에 선명한 주름살은 그의 경륜을 이야기해 주었다.

윤후는 직감적으로 그가 추심호양단의 단주, 와룡수라는 것을 알 수 있었다.

백골진창(白骨塵槍) 와룡수(臥龍首).

어디에도 속하지 않은 자. 굳이 따지자면, 맹주의 직속이랄까.

하나, 군무맹에 도는 소문으로 그가 충성하는 것은 맹주가 아닌 군무맹.

맹주가 맹주여서 충성을 하는 것이 아니라, 군무맹의 맹주이기에 충성을 다한다는 이야기가 떠돌았었다.

전대 추심호양단의 단주를 맡았던 부친으로부터 영향을 받은 탓인지 전대 맹주에게도 충성을 다했던 인물.

그는 어릴 적부터 추심호양단의 단주에 오르기 위해 준비된 사내나 다름없었다.

결코 어떤 유혹에도 흔들리지 않는 굳건함이 그로부터 느껴졌다.

윤후는 고작 인피로 그를 속일 수 없다는 직감을 받았다.

동시에 그는 기다렸다는 양 들고 있던 두 자루 검을 바닥에 꽂고 그를 향해 입을 열었다.

"들어가게 해 주시오."

"누구냐 물었다. 감히 본 맹의 대전 앞까지 무단으로 침입한 죄를 쉬이 넘길 듯싶으냐."

그는 이어, 곁에 있던 수하를 향해 물었다.

"신분을 밝히지 않은 자가 구중심처까지 들어섰을 경우 본 단이 행해야 할 가장 최우선 율법이 무엇이더냐!"

함께 있던 와룡수의 수하들이 일제히 외쳤다.

"즉결처형!"

스릉—!

뽑힌 검과 함께 두 자루 검을 놓고 무방비 상태가 된 윤후가 얼굴을 뒤덮고 있던 인피를 찢으며 입을 열었다.

"나는 백가의 둘째 아들, 백윤후요. 이번 사마련 사태의 중심인물이기도 하오."

윤후의 말이 시작되자 와룡수의 손이 수하들을 향해 들렸다. 기다리라는 뜻이었다.

와룡수가 고개를 삐딱하게 움직이며 윤후에게 물었다.

"죄인으로 치부되는 자가 신성한 대전까지 침범했다? 본 맹을 우롱하는 처사. 그것 또한 즉결처형감이다."

와룡수의 창이 어느새 윤후의 목을 겨눴다.

당장 그가 팔을 움직이는 순간, 윤후의 목이 날아갈 처지가 되어 버렸다.

그럼에도 불구하고 윤후는 흔들리지 않는 눈동자를 응시하면서 입을 열었다.

"나를…… 쉬이 죽일 수는 없을 것이오. 이번 사태에 대한 전말이 나의 머릿속에 있고, 그 머릿속에 있는 것들은 당신 상관들이 원할 테니까."

"상관없다. 그 이유가 어쨌든, 나는 내 임무를 하면 그만인 것이다."

와룡수는 윤후의 말에 전혀 아랑곳하지 않는 듯했다.

그는 자신이 겨눈 창으로 윤후의 목덜미로 천천히 다가왔다.

와룡수의 위압감이 윤후의 어깨를 짓누르고 제대로 숨도 쉴 수 없게끔 숨통을 옥죄어 왔다.

진기가 바닥인 윤후로서는 쉬이 감당하기 힘든 기운이었다.

조금씩 그의 기운에 짓눌려 한쪽 무릎이 꿇려지기 시작

한 윤후는 입술을 앙다문 채 와룡수를 향해 힘들게 말을 이었다.

"당신의 임무는 군무맹의 맹주를 지키는 것…… 하나, 그보다 위의 일은 이 땅에 뿌리박은 군무맹을 지키는 것. 애초 깨트릴 필요 없는 평화를 지키는 일 또한 그러한 일을 하는 것이 아니겠소!"

어느새 윤후의 몸은 전부 바닥에 닿아 있었다.

얼굴조차 제대로 들 수 없이 기운에 눌려 버린 윤후는 억지로 눈을 치켜뜬 채로 말을 어렵사리 내뱉고 있었다.

거친 숨을 헐떡이면서도, 결코 물러서지 않는 윤후를 내려다보며 와룡수가 그에게 물었다.

"나는 생각을 하지 않는다. 하나, 군무맹을 지키기 위한 일이라면 맹주께서 결정하시겠지. 놈을 끌고 와라."

이윽고 그의 수하들에 의해 양팔이 잡힌 윤후가 강제로 일어나자, 윤후를 응시하던 와룡수가 말을 덧붙였다.

"네가 원하는 대로 맹주를 뵙게 될 것이다. 단 네가 나를 속였을 경우. 다시 말해 군무맹의 해가 가는 일에 대해 아무것도 모르면서 그저 맹주를 알현하기 위해 이러한 짓을 벌였다면……."

와룡수의 차가운 눈동자가 윤후의 눈을 뚫어 버릴 듯 강렬하게 향하며 그의 말이 계속됐다.

"너는 그 즉시 참형될 것이다."

＊　　　＊　　　＊

백리장천을 중심으로 군무맹 전 수뇌들이 긴급한 회동을 가졌다.

노을이 지기 직전, 대전 안으로 속속들이 모여들기 시작한 수뇌들은 바쁜 업무 탓에 쉬이 보기 힘들다는 고위 인사들로 채워져 갔다.

원로원의 수장인 원로원주 만태상을 비롯해, 총 열 명으로 이루어진 십공(十公)이 자리를 채웠고 각 타격대 대주들이 줄지어서 뒤따라 시립했다.

각 대대의 상급 인사들인 여단의 단장들과, 영군사를 비롯한 좌군사와 우군사 또한 담담한 낯빛으로 맹주의 좌우, 가운데에 나란히 섰다.

그러자 도합 오십여 명이 훌쩍 넘어서는 고위급 수뇌들이 위풍당당하게 맹주를 맞이했다.

백리장천은 가장 늦게 대전 안으로 들어섰다.

용명전(溶明殿)에 백리장천이 들어서자, 전 수뇌가 기

립했다.

기립한 수뇌들과 함께 영군사의 목소리가 울려 퍼졌다.

"천하지도(天下之道), 맹주출사(盟主出仕)!"

영군사의 외침이 끝날 때쯤 권좌에 착석한 맹주의 목소리가 낮게 울려 퍼졌다.

"착석하시오."

맹주의 말과 함께 전 수뇌가 다시 자리에 고쳐 앉았다.

그리고 숨 막힐 듯한 긴장감이 대전 안에 자리 잡았다.

그 침묵을 깨고 가장 먼저 입을 연 것은 만태상이었다.

신선의 풍모를 지닌 만태상은 담담한 눈길로 맹주를 올려다보며 입을 열었다.

"맹주께 원로원주가 아룁니다."

"말씀하시오."

"이미 모든 증좌들이 사마련을 향하고 있음이니, 이번 회합은 본 맹의 위신을 세우기 위한 기반을 근거로 이루어져야 한다, 생각하는 바입니다."

만태상을 중심으로 한 원로원은 이미 전쟁을 단단히 마음먹은 듯했다.

그도 그럴 것이 이번 사건으로 말미암아 죽음을 당한 후기지수들 중에는 원로들의 친족들도 포함되어 있었다.

그들은 이미 분개하고 있었고, 이성보다는 분노에 휩싸여 있었다.

백리장천은 그들의 말을 듣고 쉬이 입을 열지 않았다. 그러자 그의 곁에 있던 영군사가 대신 입을 열었다.

"하나 전쟁은 그리 쉬이 결정할 수 있는 사안이 아니라고 봅니다."

영군사, 제갈태는 오랫동안 맹주를 보필해 온 현자(賢者)였다.

그는 지금 이 사태를 어느 누구보다 객관적으로 보고 있었고, 군무맹이 경거망동 움직일 때가 아님을 직감하고 있었다.

제갈태의 발언에 만태상의 눈빛이 가라앉았다.

하나 만태상은 쉬이 물러나지 않았다.

이번에 확실히 못을 박고 가겠다는 결연함이 보였다.

"그럼 좌군사에게 묻겠소. 일차적으로 물자를 담당하던 책임자들과 사마련의 관계, 그리고 이차적으로 이어진 삼외옥 습격 사건, 마지막으로 이번에 동시다발적으로 일어난 공녀와 후기지수들의 습격까지. 이 모든 것들이 사

마련의 소행이 아니라는 걸 입증할 만한 단서가 있었
소?"

분명 오정원은 맹주에게 일임을 받은 이번 일들의 책임
자였다.

만태상은 오정원이 달리, 사마련의 소행이 아니라는 걸
증명할 만한 방법이 없다는 걸 알고 있었고, 그가 반박하
지 못할 것임을 예상하고 질문을 던진 것이다.

그러자 침묵하고 있던 오정원이 무겁게 입을 열었다.

"사마련의 소행임이 아니라는 걸 증명할 수 있는 증좌
는 어디에도 없었습니다. 그들이 제 삼의 세력이라는 걸
증명할 수 있는 건 전혀. 도리어 그들이 지나간 자리에는
사마련의 행적들로 가득했습니다. 사마련의 무공, 그들의
흔적, 대표적으로 후기지수들을 노렸던 적들이 남긴 검흔
은 수라섬랑검(修羅閃狼劍)이었지요."

수라섬랑검은 사마련 정예 무인들이 기본으로 익히는 대
표적인 무공이었다.

절정에 가까운 무인들이 그 검을 기반으로 또 다른 무공
을 익힌다고 알려져 있었다.

다시 말해 좌군사의 발언은 그들이 사마련임을 부정할
수 없는 증좌를 내놓은 것이나 다름없었다.

그 이야기를 들은 만태상의 입가에도 가벼운 미소가 스쳐 지나갔다.

이미 오정원이 하는 이야기는 그의 정보통으로부터도 들은 이야기였다.

사실 만태상이 오정원을 향해 질문의 화살을 돌린 연유도 이 이야기를 듣기 위해서였다.

"하면 이미 이야기는 종결된 것 아니겠소? 사마련의 행적이 분명하고, 그들이 지금껏 보였던 유화적인 모습들이 전부 이번 사태를 야기시키기 위해 준비들로 보이니 말이오. 아닙니까, 맹주?"

만태상의 말에 원로들이 전부 동조하며 나섰다.

상황을 주시하던 우군사 육선이 처음으로 입을 열었다.

"한 말씀 올리지요."

육선에게 좌중의 시선이 전부 향하자, 육선이 재차 입을 열었다.

"이번 사태의 중심인물이었던 십팔병귀를 이 자리에 세우고 이야기를 더 했으면 합니다."

그의 말이 끝나기 무섭게 대전 안으로 양팔이 무인에게 잡힌 적우가 초췌한 얼굴로 강제로 끌려 들어왔다.

잡혀 들어온 적우는 억지로 무릎이 꿇려진 후, 천천히

고개를 들었다.

그의 잿빛 눈동자가 이내 좌군사와 우군사를 번갈아 응시했다.

육선은 무릎 꿇려진 적우를 내려다보며 그와 잠시 나눴던 이야기를 찰나간 떠올렸다.

"사마련과 이번 일이 어떤 관련이 있더냐."

"사마련이란 증좌는 곳곳에 있지만, 수상쩍은 것은 여전했습니다. 그들은 대업이란 이야기를 종종했고, 사마련에 관한 언급은 단 한 번도 하지 않았습니다. 마치 전쟁을 일부러 일으키고자 하는 것처럼 말입니다. 어쩌면 이번 일은 사마련과 무관할지도 모릅니다."

"좋다. 기실, 맹주께서는 전쟁을 원치 않으신다. 전쟁으로 인하여 고통 받을 군민들과 희생을 강요당할 수많은 군무맹 무인들을 지키기 위해서이시지. 곧 이번 사안들에 대한 수뇌 회합이 있을 것이다. 너는 그곳에 나와 이번 일에서 본 것, 들은 것을 이야기하거라. 증좌가 있건 없건 간에 너의 말은 개전을 조금이나마 뒤로 미룰 수 있을 것이다. 이번 일만 잘해 준다면, 이번 너의 단독 행동은 내 선에서 눈 감을 것이다."

그사이 적우는 원로들로부터 추궁을 받기 시작했다. 시작은 만태상 곁에 있던 고태상이었다.

"십팔병귀는 우군사께 소속되어 있음을 모르나?"

"그렇습니다."

"내 알기로는 단독 행동은 불가능할 텐데. 맞지 않습니까?"

고태상이 육선을 한차례 쳐다보며 묻자 육선이 고개를 끄덕였다.

"그렇소."

육선의 대답에 고태상은 쐐기를 박듯 계속 입을 뗐다.

"하면…… 묻지. 십팔병귀가 단독으로 백윤후를 도운 연유가 무엇인가."

"사형제지간입니다."

잠시 침묵하고 있던 적우가 입을 열자, 장내가 웅성거렸다.

동시에 고태상의 눈에도 이채가 흘렀다.

"해서? 단독으로 움직였다?"

"예."

"사형제 간이라면, 그대의 사문은 어디인가."

"사부께서는 하종문 노사이십니다."

굳이 사문을 이야기하지 않더라도, 하종문 노사라는 이야기가 들리자마자 전 수뇌들의 눈동자가 빛났다.

맹주조차도 하종문의 제자가 적우와 백윤후라는 이야기는 처음 듣는 이야기였다.

"좋아. 사문에 대한 이야기는 천천히 묻도록 하지. 이번 안건에 집중해야 하니."

고태상은 하종문에 관련된 이야기는 접어 두고 계속 숨겨 두었던 본론을 꺼내 들었다.

"하종문 노사의 제자라면, 군무맹에 대한 충성심이 남다를 터. 더욱이 이번 일이 같은 사형제지간이었던 백윤후에 대한 의리 때문이었다면 그대의 이야기는 꽤나 신빙성이 있겠지. 자, 그럼 이야기해 보시게. 이번 일의 배후가 누구라고 생각하는가. 증좌들은 사마련에게 향해 있는데."

고태상은 두 가지 생각으로 적우에게 질문을 던졌다.

첫째 적우가 이번 일이 사마련의 소행이 아닐지도 모른다는 이야기를 한다면, 고태상은 적우의 말에 따라 자신의 입지를 다시 한 번 굳힐 수 있었다.

사마련이 적이 아닐 수도 있다는 말은 곧 고태상 본인 또한 사마련과 끈이 있을 수도 있다는 추궁은 받지 않을 수 있었기 때문이다.

그렇지 않아도 이번 일에 철만상가가 관련된 터라, 철만 상가를 군무맹에 들인 고태상 또한 이번 회합이 끝나면 언제 심문이 시작될지 몰랐던 까닭이다.

둘째, 적우가 사마련의 소행이라고 이야기한다 해도 고태상은 자신의 입지를 다질 수 있었다.

현재 원로들은 전쟁을 하자는 입장을 공고히 밝혔다.

그런 그들의 주장을 뒷받침해 주는 추궁을 성공적으로 적우에게 이끌어 내면, 혹여나 철만상가에 관련된 심문이 시작되더라도 공의 자리를 보전할 수 있었던 탓이다. 이윽고 고태상의 질문에 잠시 침묵하던 적우가 무겁게 입을 열었다.

"제가 겪은 그들은 분명 사마련의 하수인들이었습니다. 그들은 대업이라는 이야기를 종종 했을 뿐 아니라, 사마련 무공을 익혔을 때 드러나는 특유의 마기(魔氣)를 끌어냈습니다. 저는 그들이 사마련과 연관되어 있음을 확신할 수 있습니다."

적우의 말은 지금까지 원로들의 말을 뒷받침해 주기에 충분해 보였다.

반면 적우의 이야기를 들은 육선 또한 눈살을 찌푸렸

다.

분명 옥에서 적우는 이번 일에 대해 사실대로 이야기를
해 주기로 약조했다. 한데 지금의 적우는 거짓을 이야기하
고 있었다.

마치 전쟁을 원하는 것처럼.

갑자기 주장을 바꾼 적우에게 의아함이 든 것과 동시에
육선은 적우가 그가 자신의 입으로 말했던 제삼의 세력과
결부되어 있을지도 모른다는 추측이 생겨났다.

'녀석은 내가 이번 회합에 자신을 끌어들일 거라 예상했
고, 그러기 위해 나에게 거짓을 고한 것인가?'

수많은 추측들이 육선의 머릿속을 점거할 무렵, 적우의
주장을 따라 더 힘을 받게 된 원로들의 목소리가 커졌다.

모든 이야기를 듣고만 있던 백리장천의 얼굴에도 수심이
깃들었다.

그때 돌연 대전 밖에서 병장기 소리가 들리고, 얼마 지
나지 않아 제대로 운신조차 힘든 사내가 위사들에게 끌려
들어왔다.

"백윤후?"

백윤후라는 이름을 되뇌며, 오정원의 미간이 찌푸려졌
다.

지금껏 별반 표정이 없던 오정원의 표정 변화와 함께 무단으로 대전에 난입한 백윤후가 무릎이 꿇려진 채 커다란 목소리로 입을 열었다.

"저, 저놈이 어떻게?"

수뇌들 사이 뒤로 시립하고 있던 심보의 눈이 번뜩였다.

수하들로 하여금 물샐틈없이 지키고 있던 녀석이었다.

동시에 고태상의 섬뜩한 눈빛이 잠시 심보에게 머물렀다 사라졌다.

뜻대로 잘되어 가던 원로원들에게 윤후의 갑작스러운 등장은 목에 걸린 가시 같은 것이나 다름없었기 때문이다.

그런 사실을 아는지, 모르는지 장내에 등장한 백윤후는 맹주인 백리장천을 향해 엎드린 채 계속 말을 덧붙여갔다.

"맹주님. 백가의 둘째 아들, 백윤후입니다."

"알고 있네."

백리장천의 눈동자에 이채가 흘렀다.

동시에 백윤후는 장내에 남아 있는 모든 이가 듣도록 또렷한 목소리로 대답했다.

"이번 일의 주모자는 사마련이라고 단정 지을 수 없습니다. 그들과 상대해 본 제가 장담할 수 있습니다. 그들은 사마련과 군무맹의 전쟁을 원합니다. 사마련일 수도, 사마련이 아닐 수도 있지만, 그들이 전쟁을 원하는 것은 확실합니다. 천하의 군무맹이 고작 다른 세력의 장단에 놀아나 사마련과 전쟁을 개전한다면, 뭇 많은 동도들의 웃음거리로 전락할 것입니다."

갑작스러운 백윤후의 등장과 함께, 이어진 그의 발언에 원로들의 얼굴에 노기가 서렸다.

고태상도 한발 앞서 걸어 나와 윤후를 가리키며 소리쳤다.

"놈은 사마련의 하수인일 가능성이 높습니다. 모든 것들이 본 맹을 혼란스럽게 하기 위한 작전이었다면 놈도 그들과 한패일 가능성이 많습니다! 놈의 말을 귀 기울여 들으셔서는 아니 되옵니다, 맹주님!"

고태상은 자신의 입지와 지금까지의 발언들을 지키기 위해 윤후를 이번 사태를 벌인 적들과 결부시켰다.

고태상의 발언에 만태상도 맹주를 쳐다보며 그에게 힘을 실어 주었다.

"이곳은 본맹의 수뇌들이 모인 자리입니다. 이번 일의

죄인으로 확정될 수도 있는 자의 진술 하나로 맹의 결정을
내린다면 그 자체로도 세인들의 웃음거리가 될 것입니다.
그러니, 당장 저자를 하옥시키고 다시 이번 사안에 대해
논의해야 할 것입니다."

만태상은 그리 말한 뒤 대전 가운데로 걸어오며 윤후에
게 가까이 다가서서 전음을 시전했다.

─몸을 중히 살펴 주었건만, 나설 때 나서지 않을 때를
구분 못하는구나. 네가 어찌 빠져나왔는지는 모르나 그만
물러서는 것이 좋을 게다.

만태상의 협박을 들은 윤후는 잠시 쥐죽은 듯 입을 닫고
엎드려 있었다.

엎드려 있는 그가 물러설 거라고 생각한 듯, 만태상이
다시 입을 열려 하던 무렵.

조용히 입을 닫고 있던 윤후가 맹주를 똑바로 쳐다보며
입을 뗐다.

"제…… 목숨을 걸겠나이다. 차라리 이곳에서 제가 죽
고 난 뒤, 전쟁을 막아 주십시오."

윤후의 눈은 결연했다.

그는 자신의 주위를 둘러싼 위사 중 한 명의 검을 눈 깜
짝할 새 뽑아 자신의 목에 들이댔다.

윤후의 갑작스러운 행동에 좌중의 수뇌들의 눈에 이채가
흘렀다.

잇달아 윤후가 위사들 사이로 맹주를 응시하면서 계속해
서 외쳤다.

"이렇게까지 하는 연유가 무엇인가."

윤후를 가만히 살펴보던 백리장천의 물음에 윤후가 독기
섞인 눈빛으로 대답했다.

"형이 죽었습니다, 그들의 손에. 시작은 사마련과의 내
통으로 인한 것이었지만, 형은 가솔을 지키기 위한 유일한
선택을 한 것입니다. 총관의 아들을 살리기 위해 그들의
뜻에 따라 주었고, 결국 자신의 죄를 스스로 감내했습니
다. 그런 형이…… 형이…… 그들의 손에 죽었습니다, 그
것도 호송 중에."

고요하게 가라앉은 장내 속에서 윤후는 자신의 속에 담
고 있던 분노를 토해 냈다.

"저는 그들과 같은 하늘 아래 살고 있을 수 없습니다.
이 목숨으로 그들이 원하는 바를 막을 수 있다면, 정말 그
리할 수 있다면…… 저는 이생, 삼생을 모두 버려 고혼이
된다 한들, 목숨을 이곳에서 끊을 생각입니다. 그러니 맹
주님, 재고해 주십시오. 이 모든 전쟁의 시작은 그들의 뜻

에 따라 움직이게 되는 것입니다. 조금만, 조금만 더 깊이 생각해 주실 수는 없으시겠습니까."

윤후는 지금 이 순간 간절했다.

이미 대전 안으로 들어오기 전 갇혀 있던 처소를 아선의 도움을 받아 빠져나오면서 원로원이 강경하게 전쟁 의지를 밀어붙이고 있다는 이야기를 들었다.

무리하게 윤후가 이곳까지 찾아든 것도, 딱히 방법을 찾을 수가 없었기 때문이다.

형을 죽인 그들의 의도를 막아야 했지만 좌군사에게 힘을 빌리기는 이미 늦은 감이 있었고, 자신의 뜻대로 누군가가 움직여 줄 수 있는 끈조차 없었다.

그나마 믿을 건 사자은이였지만 사자은이도 첫 만남 이후 계속 연락이 닿지 않았기에 윤후에게는 이번 맹주의 알현이 유일한 희망의 끈이었던 것이다.

만태상은 상황의 여의치 않게 돌아가자 검을 들이밀고 있던 윤후를 향해 지체 않고 입을 열었다.

"하면 이곳에서 죽음으로 너의 의지를 보여 보거라. 겁이 난다면 할 수 없겠지만."

눈을 내리깐 만태상은 윤후가 자결을 택하지 않을 거라고 생각했다.

전쟁을 막기 위해 자신의 목숨을 바칠 만한 선택을 할 거라 생각하지 않았기 때문이다.

아무리 그들의 의도를 막기 위해서라고는 하나, 자신의 목숨보다 귀하게 여길 거라고 생각하지 않은 탓이다.

하지만 만태상의 생각은 착오였다.

윤후는 만태상의 말이 끝나기 무섭게 맹주를 노려보듯 응시하며 들고 있던 검을 목줄기를 향해 찔러 넣었다.

윤후가 들고 있던 검이 당장이라도 그의 목을 잘라낼 듯 위태롭게 다가섰다. 윤후는 주저함이 없었다.

주저함 없이 목을 내놓은 윤후와 함께 지켜보던 백리장천의 손이 빠르게 움직였다.

날카로운 지풍이 쇄도하며 윤후의 손목으로 쇄도했다.

펑―!

백리장천이 날린 지풍이 손목을 꺾자마자, 힘을 잃은 검이 땅바닥에 떨어졌다.

윤후도 백리장천이 자신의 손속을 막을 거라고는 생각지 않았는지 놀란 눈으로 그를 바라보았다.

잇달아 착석하던 자리에서 일어난 백리장천이 고요한 눈동자로 윤후를 내려다보며 입을 열었다.

"그대를 무조건적으로 신뢰할 수는 없음이다. 하나 후기지수를 지켰고, 본 맹의 공녀를 지켰으니 그대의 공도 무시할 수 없다. 하여…… 이번 일을 결정짓기 위한 한 가지 임무를 내리려 한다."

맹주의 갑작스러운 말에 원로들과 나머지 수뇌들의 눈동자가 세차게 흔들렸다.

잇달아 맹주는 오로지 맹주의 자리에 올라선 자만 사용할 수 있다는 패(牌).

절대신명(絕對神命)을 꺼내 들었다.

절대신명을 꺼내 들자마자 전 수뇌가 바닥에 납작 엎드렸다.

동시에 제갈태가 맹주의 앞에 엎드린 채 장내가 떠나가도록 소리쳤다.

"절대신명을 받듭니다!"

절대신명은 맹주가 단 세 번 사용할 수 있다는 패였기 때문이다.

절대신명을 집어 든 맹주를 거역하면 그 즉시 군무맹 수뇌의 지위를 박탈당하며, 군무맹 전체를 적으로 돌리게 된다.

맹주가 설마 절대신명을 꺼내 들 거라 예상 못한 만태상의 눈썹이 역팔자로 휘었다.

하지만 엎드린 채 자신의 표정을 숨긴 만태상과 함께 맹주의 목소리가 계속해서 이어졌다.

"그대는, 그대의 맹에 대한 충성심을 확인하는 시험을 보게 될 것이다. 그 시험은 나를 비롯한 영군사, 원로원주만이 아는 기밀로 취급한다."

각 부처의 최고 수뇌들이 모여 내리는 시험.

그 시험의 응시하는 것이 백윤후라는 이야기가 퍼진 순간부터 이미 수뇌들의 눈동자에는 놀람으로 가득했다.

백리장천이 무리해서 절대신명을 꺼내 든 것부터가 이미 수뇌들에게는 놀라움의 연속이었기 때문이다.

애초 별다른 끈도 없는 백가의 마지막으로 남은 후계를 위해 단 세 번밖에 사용할 수 없는 절대신명을 쓴 것부터 이미 수뇌들 사이에서는 의아함이 감돌기 시작했다.

하지만 이미 절대신명은 쓰여졌고, 전 수뇌는 그 명령에 따라야 했다.

윤후 또한 풍문으로만 들었던 절대신명의 위력에 새삼 놀라고 있었다.

그토록 전쟁을 시작하자며 열변을 토하던 전 수뇌들이 패 하나에 복종하는 모습을 보인 까닭이다.

동시에 윤후는 맹주, 백리장천의 의도를 확실히 알 수

있었다.

'그는 정말 전쟁을 원치 않는다.'

공녀가 죽음에 이를 뻔했음에도 백리장천은 쉬이 흔들리지 않았다.

그가 왜 이토록 전쟁을 막으려 하는지에 대해서는 알 수 없었지만, 한 가지는 확실했다.

'맹주는 나를 요긴하게 쓰려 한다.'

이젠 좌군사 오정원이든, 누구든 상관없었다.

형을 죽인 그들의 앞을 가로막을 수만 있다면 얼마든지 이용당할 생각이었다.

윤후는 떨어진 맹주의 명령과 함께 오체투지한 채로 입을 열었다.

"명을…… 받듭니다."

5장

선택

아선(牙先).

백리장천의 마음으로 낳은 수양아들이나 다름없었다.

백리장천이 백리세가의 기틀을 새로이 닦을 때부터 아
선은 그의 곁에 머물러 있었다. 아선의 모친은 아선을 낳
다 삶을 마감했고, 그의 부친은 백리세가 전대 가주의 곁
을 지키는 호위무사였다.

젊은 나이에 아버지가 병사한 뒤 백리장천은 그의 형제
나 다름없었던 호위무사의 아들 아선을 자신의 아들처럼
키워 왔고, 아선은 스스로 백리장천의 그림자 위사로 남기
를 자청했다.

그 후 백리장천이 뛰어난 무위와 경륜으로 가주의 자리에 오른 뒤, 그는 사마련의 무인들이 치를 떠는 월백신위대의 대주가 되었다.

실제로 현 군무맹에서 백리장천이 가장 신뢰하는 인물을 꼽자면 아선이 첫 번째 손가락에 꼽힐 것이다.

맹주의 처소에 단 세 사람이 모였다.

백리장천을 비롯한 영군사 제갈태, 원로원주 만태상이었다.

여러 가문들의 원로들과 대주들 그리고 단장들과 군사들이 있었지만 맹주는 절대신명으로 내린 명령하에 오직 그 두 사람만을 자신의 처소에 불러들였다.

백리장천은 두 사람에게 차를 권하며 무겁게 입을 열었다.

"궁금할 것이오. 원로원주께서도, 그리고 영군사 또한."

제갈태는 침묵했고 만태상은 잠시 눈을 가늘게 떴다가 본래의 크기로 돌아왔다.

먼저 운을 뗀 것은 만태상이었다.

"사마련과 끈이 닿았을지도 모르는 이에게 새로운 중책을 맡기신다는 발상은 조금 위험해 보입니다. 맹주. 이 늙은이의 근거들이 모자랐습니까?"

만태상은 단도직입적으로 백리장천에게 물었다.

직접적인 그의 물음에 백리장천은 차를 마시며 잠시 침묵했다.

계속해서 이어지는 정적 속에서 만태상은 앞에 놓인 차를 단 한 차례도 입에 두지 않았다.

의식적으로 맹주의 명령이 못마땅하다는 것을 행동으로 보인 것이다.

백리장천도 그러한 만태상의 태도를 염두에 둔 듯, 오히려 부드러운 미소를 보이며 입을 열었다.

"원로원주께 내가 심려를 끼쳤구려."

"절대신명에 어찌 항명할 수 있겠습니까만은, 위험하신 선택임을 부정하지는 못하겠습니다."

만태상의 대답에 제갈태가 처음으로 입을 열었다.

"소신의 생각도 원로원주께서 말씀하신 바와 크게 다르

지는 않습니다, 맹주님. 다만, 맹주님께서 이번 결정을 내리신 데 또 다른 복안이 있음을 확신합니다."

제갈태의 말은 언뜻 백리장천에 대한 무한적인 신뢰를 의미하는 듯했지만, 실상은 달랐다.

제갈태는 백리장천이 꺼내 놓은 새로운 사안의 근거를 묻고 있는 셈이었다.

제갈태의 담담한 눈길을 감내하며 입에 대었던 차를 내려놓은 백리장천이 다시금 입을 뗐다.

"백윤후를 직접 사마련에 잠입시키려 하오."

백리장천은 더 이상 자신의 속내를 숨기지 않았다.

만태상과 제갈태도 예상하지 못한 이야기인 듯 눈살을 동시에 찌푸렸다.

찰나간 놀람으로 물들었던 제갈태의 눈동자가 본래의 크기로 돌아온 뒤, 백리장천이 계속해서 말을 덧붙였다.

"……사마련의 의도를 파악할 필요가 있소. 어찌 됐건, 그들이 이번 사태를 일으켰는지, 일으키지 않았는지는 지금의 증좌들로는 부족함 감이 있기 때문이오. 해서, 나는 그들의 내부로 백윤후를 침투시킬 생각이오."

"만약…… 백윤후가 본 맹을 배신한다면 어찌하실 생각이십니까."

제갈태의 염려는 당연한 것이었다.

그의 물음에 백리장천이 좌우로 단호하게 고개를 저었다.

"그럴 리는 없소."

확신하듯 말을 내뱉는 백리장천을 향해 만태상이 의아한 눈빛을 보였다.

"어찌 그리 확신하십니까."

"이번에 나타난 적들에게 본 맹만 잃은 것이 있는 게 아니오. 백윤후 또한 자신의 형을 그들에게 잃었소."

백리장천의 이야기에 만태상이 수염을 쓸어내리면서 이야기했다.

"맹주께서는 단편적인 것만을 이야기하십니다. 이미 다른 본 맹의 인사들 또한 백윤후가 자신의 형을 잃어버렸음을 압니다. 하나, 그 또한 그들의 계략이고, 백윤후가 자신의 가문과 형을 집어삼킬 계획이었다면 어찌하시렵니까. 조사한 결과, 백윤후는 가문을 떠난 뒤 십 년이 넘는 시간 동안 실종상태였다는 것을 맹주께서도 아시지 않습니까."

만태상은 자신의 말에 빈틈이 없다고 확신한 듯했다.

하지만 만태상과 달리 제갈태는 짐작한 바가 있는 듯 잠시 입을 닫고 있었다.

침묵하는 제갈태와 함께 백리장천이 엷은 미소와 함께 입을 뗐다.

"우군사로부터 이야기를 들으셨소?"

"예."

제갈태는 이제야 제대로 백리장천의 의도를 파악할 수 있었다.

우군사인 육선에게 적우에 대한 처우에 관한 보고를 받았기 때문이다.

육선이 적우의 사면을 영군사인 제갈태와 맹주인 백리장천에게 청한 탓이었다.

그 청에는 적우가 독자적인 행동을 한 연유가 적혀 있었고, 그가 아직 군무맹에 충성을 다하고 있다는 이야기도 곁들어져 있었다.

무엇보다 육선의 보고에는 지금껏 적우가 숨기고 있던 사문에 관한 이야기도 적혔다.

밝혀진 적우의 사문과 함께 드러난 진실은 윤후가 가문을 비운 동안에 지나 온 행적이었다.

원로들은 윤후가 가문을 비웠던 그 공백의 시간 동안 사마련의 끈이 되었을지도 모른다는 가정을 계속해서 주장했었으나, 사문이 밝혀짐으로써 그의 행적이 군무맹과 관련이 있음이 새로이 드러난 것이다.

다시 말해 윤후는 사마련과 어떠한 연이 없다는 것이 이로써 확실해졌다.

그러므로 백리장천은 윤후를 이용한 새로운 작전을 만태상과 제갈태에게 좀 더 근거 있게 설득할 수 있게 된 셈이었다.

그건 전쟁을 억제하고자 하는 맹주의 뜻과도 완벽히 결합됐다.

이윽고 수긍을 한 듯한 제갈태에 이어, 백리장천의 시선이 만태상을 향했다.

"이번 사건으로 인해 하종문 노사가 다시 떠오르셨을 것이오."

"시현전신류."

하종문 노사의 관한 기억은 만태상에게 그리 좋지만은 않았다.

십팔병귀 출신의 하종문 노사는 그 이상의 신화를 이룩한 인물이었다.

무공의 천재. 군무맹마저 뛰어넘어버린 독보검. 몸만 군무맹에 속해 있을 뿐, 어디에도 얽매이지 않은 신선과도 같은 인물.

만태상보다 연배가 높은 그는 만태상이 원로로 자리 잡기 전, 단장의 자리에 있을 때 좋지 못한 인연으로 마주쳤었다.

율법과 전통을 중시하는 만태상에게 그 모든 것들을 뛰어넘은 듯 전혀 다른 세계를 살아가는 것 같은 하종문은 늘 열등감의 대상이었기 때문이다.

하여 사마련과 소규모 전투가 잦았던 당시, 하종문 노사가 두 명의 십팔병귀와 함께 임무를 수행할 때를 노려 약조했던 지원 병력을 보내지 않았다.

단지 하종문 노사의 자유분방함을 고치기 위한 나름의 방법이라고 생각했던 것이다.

하나, 그 전투로 인해 당시 활동하던 십팔병귀 하나가 죽었고, 하종문 노사는 조용히 만태상을 찾아 군무맹이 발칵 뒤집힐 만큼 커다란 사건을 일으켰다.

그때 하종문 노사로부터 당한 상흔이 만태상에게는 여전히 남아 있었고, 만태상은 그 일을 노인이 된 지금까지도 잊지 못했다.

그런 과거의 사건 때문일까, 백리장천이 언급한 하종문이라는 이름에 그는 내심 긴장했다.

아니, 이미 백리장천이 하종문을 언급할 때부터 만태상은 그의 노림수를 직감했다.

백리장천은 납득하지 못할 만태상을 재차 설득하기 위해 이런 자리를 마련한 셈이었다.

"백윤후와 적우. 그 두 사람이 하종문 노사의 진산 절기를 이어받은 제자들이라는 건 회의에서 밝혀진 바 있소."

만태상이 잠시 할 말을 잃고 입을 열지 않자 백리장천은 쐐기를 박듯 입을 뗐다.

"우군사를 통해 십팔병귀 적우가 백윤후와 사형제지간임이 드러났고 이젠 그 일을 회의에 참석했던 이들이 모두 알게 됐소. 더불어서 적우가 이번 일을 독단적으로 처리한 것은 사형제 간의 의 때문이었고, 백윤후 또한 가문을 비운 공백 기간 동안은 하종문 노사의 가르침을 받은 정황 또한 밝혀졌소이다. 다시 말해 백윤후는 개인적 복수심으로 움직여 왔고, 우리와 척을 진 자들과 공생할 수 없는 관계란 건 분명하오. 본 맹에 좋은 감정을 가진 듯 보이지 않지만 적어도 이번 일에 중히 쓰일 것은 내 확신하오."

기실 백리장천이 백윤후를 호의를 베푼 것은 분명 백윤

후가 공녀를 구한 것도 작용했다.

하나 백리장천은 그러한 속내를 감춘 채 백윤후의 행적에 대해서만 이야기를 끝냈다.

백리장천의 장황한 이야기가 끝나자 만태상은 달리 할 말이 없었다.

자유분방한 독보검이었으나, 일평생 군무맹에 몸을 담았던 하종문 노사의 제자라면 확실히 군무맹의 적이라고 규정짓는 데는 무리가 있었던 탓이다.

백리장천은 한 시름 덜은 듯 조금은 더 부드러운 얼굴로 입을 닫고 있던 만태상을 독려하듯 입을 열었다.

"원로원주께서 원하시는 게 무엇인지 알고 있소. 본 맹을 위하는 마음도."

백리장천은 만태상의 성정을 안다.

세월에 경륜이 쌓인 대신, 고지식하고 빈틈없는 성정.

아니, 사실 원로들에 속해 있는 이들이 대부분 그러했다.

나이가 먹어 가는 만큼 그들은 기존의 체제를 유지하려 애를 썼다.

그리고 백리장천은 그들의 노력을 단 한 번도 무시한 적이 없었다. 그들의 행동 모두가 군무맹을 지키기 위해서라고 생각한 까닭이다.

그들의 노력들이 모여 지켜지는 것이 군무맹이고, 나아가 천하의 안위가 군무맹으로 인해 조금은 나아질 거라는 확신도 그는 갖고 있었다.

그렇기에 전쟁을 원로들이 그토록 밀어붙이고 있다 하더라도 백리장천은 그들의 생각이 틀렸다고 말할 수 없었다.

아니, 오히려 자신이 틀릴 수도 있다는 가능성을 백리장천은 열어 두었다.

단지 좀 더 많은 가능성들을 열어, 확인하고 싶을 뿐이었다.

군무맹을 외곽부터 조금씩 갉아먹고 있는 적들이 진짜 사마련인지, 아님 사마련과 군무맹의 전쟁을 원하는 또 다른 세력인지.

하지만 만태상의 딱딱하게 굳은 표정은 쉬이 풀어지지 않았다.

백리장천은 그런 만태상의 표정은 아랑곳 않고 그를 향해 다시 입을 뗐다.

"이번 사태에 대해 사마련의 동태를 파악할 수 있는 건, 그들 내부로 들어가는 길인 듯싶소. 동의하시오?"

백리장천의 물음에 만태상과 제갈태가 동시에 고개를 끄덕였다.

그들도 더 이상 백리장천의 결정을 막을 수는 없었기 때문이다.

이미 그가 절대신패를 내놓은 것 또한 마음에 걸렸고, 무엇보다 절대신패를 쓰면서도 그들의 위신을 세워 주려 노력하는 백리장천을 무시할 수 없었던 것이다.

최고 수뇌나 다름없는 제갈태와 만태상의 동의를 얻자 백리장천은 본격적으로 이번 사안에 대해 논의했다.

"그들의 무공이 사마련의 기반을 둔 것은 확실하오. 증좌들이 그러했고, 모든 연결점들은 분명 사마련을 향하고 있소. 하나 그 연결점들이 너무 시기적절한 움직임들이고 증좌들에 반하는 또 다른 증언들이 있어서 쉬이 결정하기는 어려운 상황이오. 그러니, 말한 대로 사마련 내부로 백윤후를 침투시킬까 하오."

이야기가 본론으로 접어들자 제갈태 또한 백리장천을 돕기로 한 듯, 담담한 눈동자로 그에게 물었다.

"백윤후가 맹주님의 명을 거부할 경우에는 어찌합니까."

염려하는 제갈태와는 달리 백리장천은 단호히 고개를 저

으며 대답했다.

"그는 이 제안을 수락할 것이오. 반드시."

*   *   *

백리장천이 제갈태와 만태상을 설득할 무렵, 백윤후는 더 이상 죄인 취급을 받지 않았다.

백리장천이 자신의 입으로 직접 그가 군무맹에 척을 진 자가 아닐 것임을 절대신패로 대신 반증해 주었기 때문이다.

다들 백리장천이 왜 그런 결정을 내렸는지 의아해하는 분위기였지만, 백윤후는 그 일이 그의 사부인 하종문과 관련이 있을 거라고 짐작했다.

백리장천의 명령이 있어 아직은 군무맹에 남아 있었지만, 적어도 당장 발발할 것 같던 전쟁 문제는 잠시 일단락되었기에 윤후는 내심 마음을 놓았다.

윤후는 백리장천이 머물라고 한 군무맹 내부 처소를 거닐었다.

많은 생각들이 머릿속에서 스쳐 지나갔다.

그때 처소 앞을 서성이던 윤후를 손님이 찾아왔다.

수행 하는 무졸도 없이 그를 찾아온 고태상은 내심 놀란 윤후를 향해 성큼성큼 다가섰다.

고태상은 그간 몸이 많이 회복된 듯 다시 정정한 얼굴이었다.

"……여태껏 버틸 거라고는 생각지 못했건만, 제법 명줄이 길구나."

먼저 운을 뗀 고태상을 향해 백윤후가 지체 않고 대답했다.

"용케도 버티고 계십니다. 철곤과의 관계 때문이더라도 한차례 문책을 받을 만한데."

지지 않고 받아치는 백윤후를 향해 고태상이 가소롭다는 듯 피식 웃었다.

그는 가늘게 뜬 눈으로 윤후를 바라보다 나지막한 목소리로 물었다.

"너를 찾아온 연유는 다름 아닌, 원로원주께서 너를 찾으신다는 뜻을 전하기 위해서다."

원로원주, 만태상.

그가 자신을 찾는다는 이야기에 윤후의 눈에 이채가 흘렀다.

만태상이 왜 자신을 찾을까.

알 수 없는 그들의 의중에 윤후의 머릿속이 다시 복잡해졌다.

"원로원주께서 나를 찾는 연유가 무엇이오?"

"내가 말할 게재의 것이 아니다."

"거절하겠소."

윤후의 대답에 고태상의 눈살을 찌푸렸다. 그의 반응에도 윤후는 아랑곳 않고 계속 입을 열었다.

"나는 당신들의 어설픈 권력 구도 따위 추호도 관심 없소. 내가 원했던 건, 내 형을 죽인 자들에 대한 의문이었고 복수였소. 그들에 대한 일이 아니라면, 굳이 원로원주와 대답하고 싶은 생각 따위는 없소. 아시겠소?"

고요한 윤후의 눈동자에 잠시 분노가 일렁이다 사라졌다.

그의 고요한 노기에 고태상은 날카로운 눈빛으로 윤후를 쏘아봤다.

하지만 그것도 잠시, 고태상은 담담한 목소리로 그에게 입을 뗐다.

"이번 일에 관한 이야기다. 그러니, 아무 말 말고 따라오너라. 그렇지 않으면, 넌 네가 그토록 원하는 형의 복수를 할 기회조차 없을 것이야."

그 순간 윤후는 만태상이 자신을 찾는 이유가 맹주가 했던 임무에 관한 이야기임을 직감했다.

잠시 우두커니 멈춰 선 채 고태상의 이야기를 듣던 윤후는 우선 무슨 이야기인지 듣기 위해 고개를 까딱였다.

윤후가 순순히 고개를 끄덕이자 고태상도 그제야 발길을 돌렸다.

먼저 걸음을 떼는 고태상을 따라 윤후도 움직였다.

*   *   *

만태상을 따라 만태상이 머무는 처소에 당도한 윤후는 그의 처소를 지키고 있던 위사들을 지나, 홀로 내부로 들어섰다.

푸른색 장포를 입은 만태상은 마침 차를 마시고 있었는데, 그는 들어선 윤후를 쳐다보지도 않은 채 입을 열었다.

"하종문 노사의 제자라……. 일이 아주 재미있게 돌아가더구나."

차를 내려놓으며 말을 마친 그는 목석처럼 서 있는 윤후에게 갑작스레 물었다.

"나는 맹 위에 올라서는 자를 용납지 않는다. 젊은 날도 그러했고, 지금 반백을 넘어선 나이에도 그러하다."

만태상은 하종문을 떠올리며 윤후를 바라봤다.

윤후의 눈동자는 젊은 날 마주쳤었던 하종문과 무섭도록 닮아 있었다.

속내를 쉬이 알 수 없는 눈동자,

군무맹의 율법으로도 어찌할 수 없는 굳은 심지.

해서, 만태상은 윤후가 마음에 들지 않았다.

군무맹 율법 위에 설 수 있는 것은 아무것도 없었다.

천하의 기틀을 잡고 그 평화를 유지시키는 것은 군무맹.

그 틀을 깰 만한 인물은 군무맹 안에 둬서는 아니 된다.

하나, 이미 백리장천은 윤후를 군무맹에 품기로 결정했고, 만태상은 그 뜻에 따라야만 했다.

그 모든 상황들이 그는 마음에 들지 않았지만 적어도 하종문 노사 때와는 많은 상황들이 달랐다.

만태상은 백윤후를 이왕 품는다면 군무맹에 득이 될 만한 인물로 만들고 싶었다.

개인의 사리사욕보다는 군무맹에 더 충성심이 깊은 자

로서.

그래서 백윤후를 만나고자 했다. 그럴 만한 위인인지 아닌지 검증하고 싶었기 때문이다.

"이번 임무는 그대의 사리사욕을 채우기 위한 일이 아니게 될 것이다."

만태상은 백리장천과 했던 이야기를 떠올리며 윤후에게 경고했다.

그의 경고에 윤후는 입을 닫은 채 그를 빤히 바라봤다.

대답 없는 윤후를 향해 만태상은 그를 부른 연유이자, 가장 궁금한 것을 물었다.

"그대는 군무맹의 율법을 따를 자신이 있는가? 맹주께서 가라 하면 가고, 오라 하면 오고. 맹의 뜻에 따라 움직여 줄 생각이 있는가?"

이번 임무에 관련하여 묻는 만태상에게 윤후는 지체 않고 입을 열었다.

"질문이 틀리셨습니다."

윤후가 그와 자리에 마주 앉으면서 대답했다.

그러자 만태상의 입꼬리가 올라갔다.

그는 얼음장 같이 차가운 눈동자로 입을 열었다.

"질문의 근거는 내가 정한다. 그대가 해야 할 일은 질문의 요지를 파악해서, 다시 질문을 듣는 것이 아니라 질문 뜻 그대로 대답하는 것뿐인 게야. 알아들었는가."

만태상의 기세는 분명 고요한 바람처럼 윤후를 뒤덮었다.

하지만 태풍이 불기 전의 급격히 식어 버린 바람이랄까.

그런 싸늘함이 고요함 속에 묻어 있었다.

마치 손가락 하나 잘못 떼면 온몸이 갈기갈기 찢어질 것 같은 조용한 분노가 윤후의 전신 솜털 하나하나에 느껴졌다.

만태상은 이쯤이면 윤후가 자신의 뜻을 충분히 알았을 거라고 여긴 듯, 그의 대답을 다시 기다렸다.

"나는……."

윤후가 다시 입을 뗀 순간부터 만태상이 시선에 이채가 흘렀다.

그리고 이어져 흘러나온 윤후의 말은 방금 전과 같은 맥락의 이야기였다.

"당신들의 율법이 필요하면 따를 생각입니다, 맹주께 그랬듯이. 평화로운 한때 이곳에 잠시나마 머물렀듯이.

하나, 그건 어디까지나 내 의도가 당신들과 일치했을 경우입니다. 나는 형을 그렇게 만든 자들과 이 모든 혼란을 가져온 그들에게서 당신들이 멀어지라고 명령한다면……언제든지 당신들의 곁을 떠날 겁니다. 만약 그것이 위험하게 생각된다면 지금 저를 놓으시는 편이 나으실 테지요."

담담하게 대답하는 윤후에게서도 그의 결연한 의지가 감돌았다. 만태상의 그의 눈동자가 재차 하종문 노사를 닮았음을 내심 인정해야만 했다.

길들여지지 않는 짐승.

만태상이 군무맹에 두길 원하지 않는 종이었다.

분류가 끝난 그는 이내, 무거웠던 분위기를 거둬들였다.

"그만 나가 보게. 본래는 영군사가 직접 이야기해 주기로 되었으나, 오늘의 질문을 위해 내가 직접 전달해 주기로 했다. 맹주께서 그대와 나, 그리고 영군사와의 비밀 회동을 내일 이 시각에 하기로 했네."

새벽의 회동, 아마도 본격적인 임무 하달을 위한 회동일게 분명했다.

전 수뇌들도 자신에게 맹주가 임무를 준다고만 알고 있

을 뿐, 그 세부적인 사항에 대해서는 전혀 알 길이 없었다.

물론 그건 윤후 또한 마찬가지였다.

이윽고 만태상의 축객령에 따라 윤후가 밖으로 나서려던 순간, 잠자코 있던 만태상의 목소리가 이어졌다.

"그대의 입으로 말했네. 본 맹을 위한 행동이 본 맹에 대한 충성심 때문이 아니라, 그대의 의도에 부합되었을 때만 행하는 것이라고."

"분명 그리 말했습니다."

"하면, 본 맹 또한 그대의 의도가 본 맹과 부합하지 않는다면 어떤 상황에서든 그대를 버릴 수 있겠지."

만태상은 어떤 상황에 처하든 군무맹의 위신을 먼저 생각하겠다고 이야기하고 있었다.

윤후는 그의 말을 부정하지 않았다.

이유야 어쨌건, 군무맹에 남은 것은 만태상이 한 이야기 그대로였기 때문이다.

"그리하십시오. 저 또한 그리할 테니."

이윽고 윤후는 만태상의 곁을 떠나 완전히 처소 밖으로 나섰다.

처소 밖에 나서자 더 이상 고태상은 없었다.

군무맹 내부에 위치한 만태상의 별각(別閣)을 지나, 다시 따로 마련된 객사(客舍)에 돌아온 윤후에게 일단의 그림자가 다가섰다.

발걸음 소리만 들어도 알 수 있는 익숙한 낯이었다.

"적우."

군무맹 무인들에 끌려간 이후 다시 재회하게 된 적우의 얼굴은 초췌해 보였다.

초췌한 적우의 얼굴을 마주하자 윤후의 눈빛이 깊게 가라앉았다.

"잘 있었어, 사제?"

애써 아무렇지 않은 척 하며 나타난 적우는 일견 보기에도 꽤나 많은 고초가 있었던 게 분명해 보였다.

쉴 틈 없이 심문을 받은 게 틀림없었다.

하지만 윤후는 그에 대해 아무 말도 꺼낼 수가 없었다.

적우는 자신을 위해 그리 힘써 주었고, 그에 따른 처벌들에 대해서는 이미 각오하고 있었기 때문이다.

그런 희생들이 윤후는 고맙고 미안했다.

어떠한 보상도 해 줄 수 없다는 상황들에 더욱 속이 상했다.

잠시 흐르는 정적 속에서 적우가 윤후의 마음을 꿰뚫

어 본 듯, 적우가 억지로 쓴웃음을 지으며 너스레를 떨었
다.

"나 아직 십팔병귀 안 잘렸다. 뭘 그렇게 죽을상이야."

환하게 웃으며 다가온 적우를 마주 보며 윤후가 쓰게 웃
으며 답했다.

"뒤 끈이 꽤나 좋은가 봐."

"물론. 이 형님이 그 긴 시간 동안 뒤 봐 줄 친구 한 명
안 만들었을까 봐?"

"고마워."

"그만. 그런 얘기 들으려고 널 다시 찾아온 게 아니야."

손을 들어 윤후의 말을 가로막은 적우가 좀 더 윤후에게
가까이 다가오며 입을 뗐다.

"아직 좌군사께서는 너를 포기하지 않으셨어."

"그게 무슨 소리야?"

"이번 일에 너무 많은 상황들이 중첩되어서 잠시 한발
물러날 수밖에 없었지만, 실상은 달라. 좌군사께서는 아직
이번 일의 주모자를 밝히는 걸 포기하지 않으셨다는 얘기
야. 공식적으로는 이번 일의 책임자 자리에서 손을 떼고
모든 권한이 다시 맹주님께 돌아갔다고는 하지만."

"하고 싶은 얘기가 뭐야?"

적우의 말에 윤후의 눈이 날카로워졌다.

"만태상과 나눈 이야기가 뭐야? 그가 뭐라고 하디."

단도직입적으로 묻는 적우를 향해 윤후는 고개를 저으며 대답했다.

"별말은 없었어. 이번에 맹주께서 내릴 임무에 관한 이야기였지."

"임무?"

적우의 눈동자에 잠시 이채가 흘렀다가 사라졌다.

그런 적우에게 윤후가 의아한 눈빛으로 물었다.

"아직 나도 몰라. 단지……."

"단지?"

반문하는 적우에게 윤후가 한숨과 함께 입을 열었다.

"사마련과 관련된 것이라는 것뿐이지. 한데 그것은 다른 수뇌들도 예측하고 있는 것 아닌가? 어떤 방법으로 내게 임무를 내릴지가 중요한 거지."

"첩자 임무일 수도 있겠다 싶다. 맹주께서는 사마련이 이번 일을 벌인 것인지, 아닌지를 알고 싶어 하시니까."

"모든 수뇌들이 그렇겠지. 하지만 전쟁은 안 돼, 그들이 원하는 거니까."

윤후의 단호한 목소리에 적우가 씩 웃으며 대답했다.

"그럼, 그럼."

적우는 한차례 고개를 끄덕이고 난 뒤 윤후에게 재차 말을 걸었다.

"그럼 우선은 맹주께서 움직이라는 대로 움직일 생각이겠네."

"응. 우선은 그럴 생각이야. 지금은 나도 그들의 소행인지 아닌지가 궁금하니까."

윤후의 대답을 들은 적우는 손으로 이마를 짚으며 혀를 찼다.

"쯧. 어쩌다 일이 이렇게까지 꼬인 건지 모르겠다. 그토록 밝히지 말라고 했던 사부에 관한 이야기가 다시 맹에 퍼져 버렸으니까."

"그래. 나도 만태상으로부터 그 이야기를 들었어. 어떻게 된 거야? 나에 관한 오명이 벗겨진 것도 그 때문인 듯했는데…… 적우가 일부러 이야기를 꺼낸 거야?"

"이미 알고 있었어, 우군사께서는. 단지 가려 준 것뿐이지. 정에 이끌리시기라도 하신 것인지, 원."

적우는 육선의 이야기를 꺼내면서 잠시 안색이 어두워졌다.

그의 낯빛이 어두워지자 윤후는 그 이유가 육선의 신뢰

를 저버리고 오정원과 움직였기 때문이라고 지레짐작했다.

그 이야기를 끝으로 다시 둘 사이에 침묵이 감돌았다.

지금은 사실 어떤 일이 중첩돼서 벌어질지 몰랐기에 윤후도, 적우도 달리 예상할 수 있는 일이 없었던 탓이다.

그저 때가 오기를 기다리는 것밖에는 별다른 방법이 없었다. 이윽고 침묵을 먼저 깬 것은 윤후였다.

윤후는 지금껏 궁금하지만 쉬이 물어볼 수 없었던 이를 물었다.

"아홍은…… 어찌 됐어."

너무도 사랑했던 사람, 그녀를 많은 상황들 때문에 떠나보낼 수 없었던 것은 윤후의 가슴에 큰 상흔을 만들었다.

그리고 이토록 아홍의 근황을 늦은 감이 있을 만큼 늦게 물어본 건, 윤후 자신이 더 이상 아홍에게 다가갈 수 없기 때문이기도 했다.

윤후는 그녀에게 자신이 다가갈수록 위험하다고 여겼다.

그 상황들은 윤후가 그런 생각을 할 수밖에 없도록 만들어졌다.

적우는 조심스레 질문하는 윤후를 안타깝다는 듯 바라봤다.

그러면서 그는 윤후에게 평소와는 다른 무거운 얼굴로 입을 열었다.

"내가 너에게 이 모든 걸 뒤에 두고 아홍 그 여인과 함께 도망치라고 이야기한다면, 그건 너무 큰 욕심일까? 사부의 말처럼 강호에 뛰어든 우리는 쉬이 그 쇠사슬을 끊을 수 없는 걸까?"

슬픔이 깃든 적우의 눈동자는 너무 간절해 보였다.

그 간절함의 근거가 어디에 있는지 윤후는 쉬이 짐작할 수 없었다.

그저 적우가 자신을 위해 말해 주는 거라고 단편적으로 생각할 뿐이었다.

윤후는 적우의 말에 잠시 아무 말도 할 수가 없었다.

단 한 번도 생각해 보지 않은 일은 아니었다.

아홍과 평화로운 나날을 보내던 날, 끊임없이 생각해 왔던 일이었다.

그러나 이젠 돌이키기엔 너무 늦어버렸다.

그녀도, 자신도…….

"안 될까?"

적우가 재차 입을 열었다.

그의 말에 윤후는 고개를 좌우로 저었다.

"내 곁에 있으면 그 사람이 너무 아파. 세월이 지나도 내가 계속 사랑할 수 있는 사람이야. 이 땅에 어디에 함께 발을 밟고 있다면 그것만으로도."

윤후가 고요하게 가라앉은 눈동자로 멀리 먼 산을 응시하듯 아련한 눈길로 뒷말을 덧붙였다.

"충분해."

담담하게 말을 잇는 윤후를 향해 적우는 알았다며 고개를 끄덕였다.

더 이상 적우도 강호를 떠나라는 이야기는 하지 않았다.

대신 그는 윤후가 궁금해하던 아홍에 관한 이야기를 꺼냈다.

"아홍 소저는 곽운 소협과 함께 떠났어. 네가 원한 대로 우리도 모르는 곳으로 떠나게 했지. 사실 보호해 주려고도 했었는데 굳이 거절하더라. 이제 그녀가 어디 있는지는 나도 몰라. 좌군사께 부탁을 드려 볼까?"

"됐어."

윤후는 괜찮다며 고개를 저었다.

그녀가 무사히 이곳을 빠져나가, 강호를 벗어났다는 것만으로도 윤후는 안심이 됐다.

그녀에게 강호는 처음부터 어울리지 않았다. 기녀라는 신분도 그녀에게 맞는 옷이 아니었다.

이제 그 모든 상황들을 벗어나 자유롭게 훨훨 날아갔다는 소식만으로도 윤후는 웃을 수 있었다.

어쩌면 그녀가 떠날 수 없었던 족쇄는 자신이었을지도 모른다는 생각이 들었던 까닭이다.

이윽고 아홍에 대한 생각을 억지로 떨쳐 버린 윤후는 문득 적우의 이야기를 듣고 생긴 의문을 그에게 직접 물었다.

"나는 맹주님의 뜻대로 움직인다 치고, 적우는 이제 어찌할 계획이야. 여전히 우군사의 밑에서 좌군사의 뜻대로 움직일 셈이야? 나를 돕는 건 끝났잖아."

"글쎄. 모든 십팔병귀가 임무를 알고 움직이는 건 아니야. 어떤 임무가 떨어질지는 이제 전적으로 우군사께 달려 있겠지. 하나 명심해. 네가 맹주의 뜻대로 움직이는 순간부터 나는 네 뒤를 지킬 거야. 네 뒤를 지키는 일은 아직 끝나지 않았어, 적어도 내게는. 좌군사께서도 널 돕는 일을 멈추지 않을 거고."

적우의 말에 윤후는 무겁게 고개를 끄덕였다.

아마 오정원이 돕는다고 말하는 것은 그의 독자적인 세력인 육망을 이용한 일이 될 것이 분명했다.

한데 적우가 어떻게 움직일지는 도무지 감이 잡히지 않았다.

십팔병귀의 독자적인 임무뿐 아니라 좌군사의 움직임도 도우려면 몸이 열 개라도 부족할 게 빤했던 탓이다.

그런 윤후의 의문을 눈치채기라도 한 듯, 적우가 엷게 웃으면서 입을 열었다.

"두 분의 의도에 맞는 일을 찾으면 돼. 분명 네 임무는 너 홀로 독자적으로 움직이는 것만이 아닐 거야. 십팔병귀도 그 후방을 맡는 일을 도맡겠지. 그 선봉에 있을 거야, 내가."

적우의 말에 윤후가 고개를 저었다.

"아니. 난 그렇게 생각하지 않아."

"그게 무슨 소리야?"

"만태상과의 이야기에서 난 느낄 수 있었어. 이번 임무가 무엇이든 간에 난 뒤의 도움을 받을 수 있는 게 아무도 없을 거야. 군무맹의 개입을 수뇌들은 부정할 테니까."

"부정한다고?"

"그래. 만태상은 그리하고도 남을 거야. 그 어떤 것보다 군무맹을 소중하게 생각하는 사내니까."

윤후의 대답에 적우가 눈살을 찌푸렸다. 윤후가 하는 말을 도무지 이해할 수 없었기 때문이다.

군무맹의 임무를 도맡는 윤후를, 군무맹이 버린다? 그걸 알고도 윤후는 움직이려 한다?

적우가 복잡한 머릿속을 정리하려는 듯 윤후에게 나직한 목소리로 물었다.

"너 그 모든 걸 예상하고도 뜻대로 움직이겠다는 거야? 이건 대놓고 널 이용하겠다는 거잖아. 넌 괴뢰처럼 놈들 꼭두각시 노릇이나 해야 한다고."

"십팔병귀와 다를 바가 뭔데."

"너 이 자식."

빤히 보이는 불구덩이로 윤후가 뛰어드는 걸 보고만 있을 수 없었던 것인지, 적우는 윤후의 멱살을 잡고 흔들리는 눈빛으로 그를 노려봤다.

윤후는 적우에게 멱살이 잡힌 채 무겁게 다시 말문을 열었다.

"……나는, 아직 잊지 못했어…… 형을."

"죽은 사람은 죽은 사람이야! 죽은 사람을 따라 너도 죽겠다는 거야. 뭐야. 난 그 꼴 못 봐. 차라리 복수심에 불타서 끈덕지게 살겠다고 발버둥치는 편이 나아. 지금 네 모습은 마치 이미 죽음을 예고하는 사람처럼 보이잖아. 네 눈동자가 그렇잖아, 지금!"

"복수…… 복수해야지. 하지만 그게 안 되면……."

윤후는 그저 웃었다.

적우의 말이 옳았다.

그는 정확히 보았다. 지금 윤후의 심정이 어떠한지.

모든 것을 버린 윤후에게 죽음은 그저 당연히 받아들여야 할 숙명이 되어 버렸다.

부정하지 않는 윤후의 대답에 적우는 이를 악문 채 쉬이 다시 입을 떼지 못했다.

"그만 가."

윤후는 더 이상 적우와 마주 보고 싶지 않은 듯, 그의 손을 떨쳐 낸 뒤 돌아섰다.

쓸쓸히 돌아서는 윤후를 바라보며 적우의 눈빛이 세차게 흔들렸다.

*   *   *

윤후를 만나고 돌아온 적우는 자신의 처소로 돌아갔다. 뒤를 따라오는 자는 없었다.

조용히 처소로 들어서는 적우는 온몸이 노곤했다.

곤히 잠들고 싶었지만, 잠이 오지 않을 게 뻔했다.

하늘 위에 떠 있는 달은 그대로였지만 유난히 달이 어그러져 보이는 날.

세상이 일그러진 것처럼 느껴져서, 두 눈이 아찔할 만큼 머리가 어지러웠다.

"좌군사께서 기다리고 계십니다."

늘 웃는 낯인 태공이 적우를 기다리고 있었다.

태공을 대동해 오정원이 직접 나선 듯했다.

적우는 잔뜩 피곤한 얼굴로 고개를 끄덕이는 것으로 대답을 대신했다.

이윽고 붉은 천을 지나 내실로 들어선 적우를 오정원이 환하게 웃으며 맞이했다.

"앉으세요."

자리를 권하는 오정원에게 적우가 단도직입적으로 물었다.

"예민한 시기입니다. 조심하셔야 되지 않겠습니까."

잔뜩 지친 기색으로 오정원 앞에 마주 앉은 적우가 입을 열었다.

오정원도 초췌한 적우의 안색을 보며 엷게 미소를 머금었다.

"……고초가 많았어요."

"고초랄 게 있습니까. 그저 해야 할 일을 했을 뿐이죠."

그리 말하는 적우의 눈동자가 싸늘하게 식었다.

식어 버린 그의 눈동자를 바라보며 오정원은 더 이상 변죽을 울리지 않고 본론으로 들어갔다.

"백윤후에게 들은 바를 듣고 싶네요."

"별것은 없었습니다. 이미 예상하신대로 흘러가고 있는 듯했죠."

"아니요. 그건 제 예상이 아니었습니다."

오정원이 단호하게 좌우로 고개를 저었다.

그의 눈동자가 시뻘겋게 달아오르기 시작했다.

잠시 스쳐 지나갔던 오정원의 노기 섞인 눈동자를 마주한 적우의 눈도 깊게 가라앉았다.

"윤후는 잘못한 것이 없습니다. 그저……지키고픈 것들을 지키기 위해 애썼던 거죠. 좌군사님께서도 그리 하고프신 것 아닙니까. 지키지 못했던 것을 지키기 위해, 모든 것을 다시 시작하려 하는 것이죠."

적우가 힘없이 입을 뗐다.

그의 말에 오정원은 긍정도, 부정도 하지 않았다.

그런 오정원을 바라보며 적우가 간절한 눈빛으로 문득 입을 열었다.

"이 모든 걸, 멈출 수는 없겠습니까."

"처음 듣는군요. 그런 약한 소리는."

오정원이 의외라는 듯 입가에 미소를 머금었다.

하지만 그의 미소는 단순한 감정 표현이 아니었다.

미소 속에 담긴 날카로운 분노가 적우의 가슴을 두드렸다.

적우는 자신의 손바닥을 내려다보며 나지막한 목소리로 계속 입을 열었다.

"나는…… 애초부터 가진 게 없었습니다. 아니, 차라리 많은 것을 모르고 사는 것이 나았을 듯싶네요. 그저 꼭두각시처럼……."

"만태상. 당신의 아버지. 그를 보고 마음이라도 약해졌습니까."

만태상이란 이름을 듣는 순간, 적우의 손에 핏줄이 선명하게 섰다. 그리고 그의 눈동자가 붉게 감돌았다.

"사부께서는 당신의 청을 거절하지 못했죠. 해서, 나를 받아들인 것이고. 윤후는 조금 다르게 알고 있지만."

적우가 쓰게 웃었다.

그는 윤후에게도 말하지 않은 숨겨진 과거가 있는 듯했고, 오정원은 그 사실을 누구보다 잘 알고 있는 것처럼 보였다.

이윽고 오정원이 마음이 약해진 듯한 적우를 다독이듯 입을 열었다.

"당신의 마음이 약해진 것이 백윤후 그 사람 때문인가요. 아님, 백윤후 그 사람에 모든 걸 털어놓기라도 한 것입니까. 사실 당신이, 당신과 모친을 버리고 죽이려 했던 만태상에게 복수하기 위해 준비해 왔고, 그 준비를 내가 도왔다는 사실을? 알았다면 무슨 얘기를 했을까요. 그랬구나라며 당신을 이해할까요? 나처럼 당신을 그가 진심으로 이해할 수 있을 것 같나요?"

연이어 이어지는 오정원의 목소리에 적우가 듣기 싫다는 듯 두 귀를 양손으로 막았다.

그런 적우의 앞에 다가와 한쪽 무릎을 꿇은 오정원은 그의 턱을 부드럽게 한 손으로 잡고 들어 올려 자신과 눈높이를 맞췄다.

"잘 들으세요. 내가 아는 건, 단 하나입니다. 옳고 그른 것이 무너진 혼란 속에서는 혼란을 허물고 새로 쌓아야 한다는 것."

적우와 마주 본 오정원의 눈동자에 결연함이 깃들었다.

그는 자신의 신념을 누구보다 믿고 있는 사내였다.

그 단단한 철옹성 같은 신념을 적우는 익히 알고 있었다.

그의 말에 이끌리듯 함께 하게 된 것도 모두 그 때문인지도 몰랐다.

그는 자신과 처음 만날 때부터 그러했다.

"당신을 십팔병귀의 적우로 만들기 위해, 나는…… 하종문 노사께 쓸 수 있던 패 하나를 써 버렸습니다. 그러니, 나를 실망시키지 마세요. 부디."

"나는…… 나는."

적우는 머리를 감싸 쥔 채 답답한 숨을 토해 냈다.

뜨겁게 숨을 몰아쉬는 적우의 이마에 진땀이 맺혀 흘러내렸다.

"유일한 가족입니다. 나에게 남은 가족, 윤후를 사지로 몰아넣는 것이…… 정녕 내 어머니를 버린 그 사람에게 할 수 있는 복수란 말입니까. 또 하나 생긴 가족을 버리는 선택밖에 나는 할 수 없습니까."

만태상은 어미와 자신을 버렸다.

하지만 그에게 복수하기 위해 윤후를 버려야 한다는 상황이 적우는 무척이나 힘들었다.

그런 적우를 그윽한 눈길로 바라보던 오정원의 눈빛이 돌연 차갑게 식었다.

그가 천천히 자리에서 일어나면서 적우에게 입을 열었다.

"만태상은 가문과 합심하여 당신과 당신의 어미를 죽음으로 몰아넣었습니다. 그 이유 오직 하나, 자신이 맹주의 자리에 오르는 데 방해가 될 것 같았기 때문입니다. 그를 원로원주의 자리에 오르는 데 큰 힘이 된 것은 전대 맹주의 가문. 선우세가. 지금은 많이 빛이 바랬지만 그들이 한 짓은 여전히 세상의 구정물로 남아 있습니다."

사실 그러했다.

만태상은 본래, 맹주의 자리까지 노리던 사내였다.

그가 혼인을 한 것은 전대 맹주의 유일한 여동생이었던 선우양희였고, 선우양희는 가문의 힘을 빌어 만태상을 맹주로 세우고자 했었다.

후일 전대 맹주가 자신의 권한으로 백리장천을 세우지 않았다면 지금의 맹주는 만태상이 되고도 남았을 게 빤했다.

"선우양희의 권력을 계속 지니고 싶어 그는 다른 여인과 낳은 자식을 부정했습니다. 그리고 그 아이가 지금의 당신이죠. 그런데도 그따위 잔정에 이끌려 모든 일을 망치고 싶은 겁니까."

"지금은…… 그 녀석이 망가지고 있지 않습니까. 그 녀석이 나처럼 모든 걸 잃게 되어 가고 있는 걸 바라만 보라는 말입니까. 아마 나처럼 되고 말 겁니다. 그걸…… 그걸 내 손으로 어떻게……."

피 묻은 손이라지만, 적어도 윤후에게는 그렇게 보이고 싶지 않았다.

그는 피가 섞이지 않았지만, 정말 가족 같았고 그리 믿어 왔다.

그런데 그런 윤후를 자신 스스로 절벽 낭떠러지로 밀어넣고 있는 셈이었다.

이윽고 자괴감에 빠져 버린 적우를 날카로운 눈동자로 내려다보던 오정원이 무겁게 입을 열었다.

"이렇게까지 이야기하고 싶지 않았지만."

방금 전까지와는 전혀 다른 말투로 차갑게 입을 떼는 그를 향해 적우가 천천히 고개를 들었다.

"그토록 사랑하는 형제의 형을 죽음으로 몰아넣은 것이 '그'가 아닌 당신인 걸 백윤후가 안다면."

"그만!"

자리에서 벌떡 일어난 적우의 얼굴이 종잇장처럼 일그러졌다.

얼굴이 붉게 달아오른 적우의 눈이 활화산처럼 타올랐다.

그런 적우를 향해 오정원은 담담한 표정으로 입을 열었다.

"이대로, 당신의 의지가 꺾여 버린다면 난 무슨 수를 다 해서라도 당신을 다시 본래의 자리로 돌려놓을 겁니다. 그러니 나를 이해해 주길 바랍니다."

"이해? 뭘 이해하란 겁니까. 나는…… 당신의 모든 의도를 맹주께 이야기할 수도 있습니다."

"상관없습니다."

가라앉은 오정원의 표정은 별반 달라지지 않았다.

그는 심적으로 아무런 요동도 없는 듯, 너무도 태연한 얼굴로 계속 입을 열었다.

"당신은 그렇게 하지 않을 테니까요. 그러기에 당신은 이미 너무 멀리 와 버렸잖습니까."

그 말을 끝으로 미소를 짓는 오정원의 얼굴이 처음으로 적우는 끔찍하게 느껴졌다.

"대체 당신은…… 무얼 위해."

"새 술은 새 부대에 담아야 하는 법입니다. 그뿐입니다."

"아니. 당신은 다른 이유가 있을 겁니다. 그렇지 않고서 이토록 잔인할 수는 없습니다."

"잔인한 건 적우도 마찬가지 아닙니까. 당신이 그토록 아끼는 이의 친형제를…… 죽였으니까요."

적우는 자신이 한 일임에도 아무 말도 할 수가 없었다.

윤후가 뒤쫓는 '그'의 대역을 한 것이기 때문이다.

윤후가 더 늪에 빠지게, 그가 오정원의 날카로운 칼날이 되게끔. 언젠가 '그'의 숨통에 오정원이 원하는 순간에 칼날을 박아 넣을 수 있는 날카로운 칼이 되게끔 의도한 것이었던 까닭이다.

적우는 아직도 백오동의 심장에 칼을 꽂을 때가 생생했다.

오정원이 계획한 대업을 위해서였고, 그리고 자신의 개

인적 복수를 위한 일이기도 했다.

하나 그 모든 이유를 대도 결국 오정원의 말대로 자신은 스스로 형제라 이야기했던 윤후의 등에 칼을 꽂은 것이나 다름없었던 것이다.

"오늘은 쉬고 싶습니다."

"그럴 시간 따위 적우와 나에게 존재하지 않는다는 것쯤은 적우도 잘 알고 있을 테죠."

오정원은 방금 전 날카롭던 눈빛을 다시 감춘 채, 고요한 눈동자로 적우를 응시했다.

"나는 오늘 대답을 들어야겠습니다. 다시 힘을 내시겠습니까, 아님, 이대로 주저앉으시겠습니까."

"내게 선택의 여지 따위 이미 주지 않으셨잖습니까."

적우는 달리 방법이 없었다.

그저 이제는 오정원의 뜻대로 움직이는 수 말고는, 개인적 복수를 위해 뒤에 모든 걸 버리는 일 외에 어떤 일에도 감정 낭비를 할 수가 없게 되어 버렸다.

오정원은 이미 적우가 어디에도 갈 수 없게끔 족쇄를 채워 놨고, 적우는 그의 족쇄를 풀 만한 어떤 방법도 생각지 못했다.

이윽고 그의 말에 순순히 따르겠다는 듯 고개를 끄덕이

는 적우를 보고 나서야 오정원은 발길을 돌렸다.

"지금부터는 모든 상황이 숨 가쁘게 이루어질 겁니다. 백윤후는 우리와 손을 잡는 '그'를 쫓을 테고, '그'의 정체가 밝혀지면 본격적으로 모든 상황들이 급물살을 타겠죠. 우린 그 노도 속에서 중심에 있어야 합니다. 환부를 도려내는 것이 아닌 환부의 뿌리 그 자체를 모조리 무너뜨리는 게 우리의 숙원입니다."

"알고 있습니다."

적우는 더 이상 어떤 반항도 보이지 않았다.

오정원도 순순히 따르는 그의 모습이 마음에 든 듯 고개를 까딱이며 문밖으로 완전히 벗어났다.

그렇게 오정원이 사라지고 나서야 적우는 깊은 한숨과 함께 고개를 떨어트렸다.

온몸이 솜이 물을 먹은 듯 무겁게 느껴졌다.

"……이제 어떡할까. 윤후야. 형…… 이제 어떡할까."

적우는 무릎 맡에 고개를 숙인 채 숨죽여 눈물을 흘렸다.

적우가 간 뒤, 깊은 잠에 빠져도 악몽은 계속됐다.

사부의 과거, 그리고 윤후의 곁을 맴돈 악몽이나 다름없던 상황들.

그 모든 것들이 꿈으로 윤후를 괴롭혔다.

제대로 잠을 자지 못하고 일어난 윤후를 기다린 것은 아선이었다.

마침 눈을 뜨자마자 아선을 본 윤후는 반사적으로 자신의 월양쌍륜검을 집어 들었다.

더 이상 죄인의 입장이 아니기에 병기를 돌려받게 된 덕분이었다.

검을 집은 윤후는 상대를 확인하자마자 다시 검을 놓았다.

검을 놓는 윤후를 보며 아선이 물었다.

"악몽을 꾸셨소?"

나직한 목소리로 묻는 아선의 말에 윤후는 대답 대신 침상에서 일어나 입을 열었다.

"자는 걸 보는 취미가 있는지는 몰랐소."

"내가 다가올 때까지 눈치채지 못한 것을 보니, 꽤나 심한 악몽에 시달린 듯하오."

아선의 말에 윤후는 고개를 저었다.

"신경 쓸 일이 아니오."

아선은 유독 윤후가 신경 쓰였다.

냉혈한 맹주의 검이 되고자 마음먹은 그가 누군가에게 신경을 쓴다는 것은 그리 흔한 일이 아니었다.

하지만 윤후는 아선에게 조금 다르게 다가왔다.

스스로의 신념에 목숨을 거는 사내. 젊은 연령대에서 그만한 의지를 가진 자를 찾은 건 최근 들어 드문 일이었던 탓이다.

아선이 보기에 윤후는 자신이 가슴에 품은 일을 반드시 해내야 직성이 풀릴 사내였다.

부러질지언정 굽히지 않는다.

윤후를 보면 단박에 떠오를 말이었다.

"뭘 그리 보고 있으시오."

윤후가 자신을 빤히 바라보고 있는 아선을 향해 물었다.

찰나간, 깊은 상념에 빠져 있던 아선이 고개를 좌우로 젓는 것으로 대답을 대신했다.

"맹주께서 찾으시오."

아선의 말에 윤후는 슬쩍 창가로 시선을 돌렸다.

창가에 들어서는 햇살을 보아하니 분명 대낮이었다. 꽤 오랫동안 잠들었던 모양이었다.

악몽 때문에 선잠을 잔 듯, 피로한 것은 여전했지만 군무맹이 쫓길 때와는 비교할 수 없이 몸 상태가 그나마 많이 나아졌다.

하지만 동시에 윤후의 머릿속을 지나간 생각은 백리장천이 자신을 부른 것이 대낮이라는 사실이었다.

오직 고위급 수뇌 세 명만 아는 임무가 된다면 낮이 아니라 야심한 시각에 불렀어야 하는 것이 아닌가, 하는 생각 때문이었다.

아선도 그런 윤후의 생각을 꿰뚫어본 듯 담담한 목소리로 말을 이었다.

"임무를 하명한다 하여 굳이 밀실에서 할 필요는 없지 않겠소."

생각을 꿰뚫어 본 아선의 말에 윤후는 검들을 찬 채로 입을 열었다.

"잠시만 밖에서 기다려 주시오. 곧 뒤따르겠소."

윤후의 말에 고개를 끄덕이고 밖으로 나선 아선과 함께 윤후는 돌아서서 창밖으로 들어오는 눈부신 햇살을 눈가를 찡그리며 잠시 응시하며 우두커니 서 있었다.

한참을 그렇게 목석처럼 서 있던 윤후는 두 손을 힘 있게 움켜쥐며 누군가에게 말하듯 중얼거렸다.

"시작이야…… 형."

*   *   *

한가로운 대낮, 백리장천은 수행하는 이 없이 맹주의 처소 후원을 거닐고 있었다.

나무다리 아래 작은 연못을 헤엄쳐 다니는 잉어들을 내려다보던 그의 등 뒤로 두 사내가 천천히 걸어왔다.

이미 멀리서부터 기척을 느낀 백리장천은 다가오는 이들 중, 한 명인 백윤후를 향해 입을 열었다.

"왔는가."

등을 돌린 채 입을 여는 백리장천에게 백윤후보다 먼저 아선이 고개를 숙였다.

아선이 동시에 물러나려 하자 백리장천이 손을 들었다.

"너도 있거라. 함께 들어야 할 이야기다."

백리장천의 말에 아선도 예상하지 못한 일인 듯, 눈에 이채를 흘렸다.

아선과 함께 윤후가 우두커니 선 채 침묵을 지키자 백리장천의 말이 계속 됐다.

"……나는 이번 일에 본 맹의 사활을 걸 생각이다. 전쟁을 하느냐, 하지 않느냐는 전적으로 둘에게 달리게 될 것이라는 얘기다."

사활을 걸겠다는 백리장천의 말에 윤후는 저도 모르게 마른침을 삼켰다.

"우선 좀 걷지."

쉬이 흘릴 수 없는 이야기를 꺼낸 백리장천은 태연한 표정으로 걸음을 떼기 시작했다.

그 양옆으로 아선과 윤후가 따라 걸어오자 백리장천은 정면을 응시한 채 윤후에게 입을 뗐다.

"갑자기 불러 놀랐나?"

"솔직히 조금 의아했습니다. 보는 눈이 많으니까요."

"보는 눈이 많긴 하나, 백주대낮을 활보하는 나를 은밀히 살필 간 큰 자는 많지 않지."

"어쩌면 그 편이 나을 수도 있겠습니다."

"……내부에도 적이 있다고 보나?"

순간 걸음을 멈춘 세운 백리장천의 나지막한 목소리에 윤후가 잠시 입을 닫았다.

"철곤이 내부의 적이었습니다. 육공이 그걸 알았든, 알지 못했든 지금 정체가 드러나지 않은 적의 끈이 사라지지 않았다는 건 확실합니다. 그 말은 곧."

"내부의 적이 있다는 얘기겠지."

백리장천의 대답에 윤후는 고개를 끄덕이지 않고 입을 닫는 것으로 대답을 대신했다. 침묵만으로도 충분히 대답이 됐기 때문이다.

"그렇게 보는군. 나도 그대와 생각이 크게 다르지는 않네."

분명 놀랄 일이었다.

군무맹을 도맡고 있는 맹주, 백리장천이 군무맹의 수뇌를 쉬이 믿지 못하고 있다는 말은.

더욱이 이런 말은 윤후에게 할 만한 이야기가 아니었다.

눈을 가늘게 뜬 윤후가 심각한 얼굴로 백리장천에게 물었다.

"저를 왜 신뢰하시는 겁니까. 왜 이런 말씀을 제게……."

"신뢰라……. 하종문 노사께서 남긴 전인이라면 믿을 만하겠지. 군무맹의 평화가 계속 유지될 수 있었던 건 그분의 노력이 깃들었기 때문이니까."

백리장천은 하종문과 인연이 깊었다.

과거, 전쟁이 일어날 법한 적도 많았다. 소규모 전투 지속해서 발발했고, 수많은 일들이 하종문 노사가 강호에서 활동할 때 벌어졌다.

백리장천은 당시, 하종문 노사가 남긴 말을 여전히 기억하고 있었다.

"평화를 노력 없이 바라는 건 욕심이다. 하나, 평화를 삶을 다해 꿈꾸는 건 고귀한 일이다. 그대의 사부께서 내게 하신 말씀이지."

"덕분에 사부께서는 혈로(血路)를 걸으셔야 했고, 지옥이란 고통 속에 일평생을 사셔야 했습니다."

"덕분에 사마련과 군무맹 간의 최초의 회합이 시작됐지. 평화를 위한 첫 걸음이었네. 누구도 다치지 않고 살아갈 수 있는 세상을 위한."

"칼끝에 선 자들의 끊임없는 투쟁이 계속되고 있는데, 그것이 과연 진짜 평화일까요. 강호는 여전한데."

윤후의 물음에 백리장천이 일리가 있다는 양 고개를 까딱였다.

"강호란 바로 그런 것이지. 끝이 없는 분쟁. 한데 그런 생각이 어디서 왔는가. 그건 누구도 평화를 희망하지 않았기 때문일세."

"……"

백리장천은 뜨거워진 눈동자로 윤후를 응시하면서 이야기했다.

"희망을 이제 꿈꾸기 시작했네. 전쟁이 없는. 애꿎은 군민들이 혼란스러워하지 않는. 어떤 눈물도, 피도 없는 그저 협의(俠義)를 행하는 활검을 모든 강호인들이 꿈꿀 그날이 다가오고 있었네. 그 시작과도 같은 발걸음이 힘들게 지났는데, 이제 와 그 모든 걸 망칠 수는 없는 노릇이네. 결코."

백리장천의 신념은 굳건해 보였다.

하지만 신념만으로 모든 일이 해결되지는 않는다.

윤후는 백리장천의 꿈이 어쩌면 현실에 쉬이 부합되지 않는 것일지도 모른다는 생각을 했다.

그러나 적어도 쉬이 희생되지 않는 사람이 없게끔 만들겠다는 백리장천의 이야기는 윤후의 가슴을 두드리기에 충분했다.

윤후가 말없이 백리장천의 이야기를 주의 깊게 듣고 있자, 그를 마주 보고 있던 백리장천이 계속해서 말을 이었다.

"나는 그대가 하 노사의 뜻을 크게 반하는 생각을 지니고 있다고 생각지 않네."

"형의 죽음은 분명 억울한 일이었습니다."

"알고 있네. 하나, 내게도 그것이 최선이었다네."

백오동에게 형을 내린 일에 대해 백리장천은 충분히 죄책감을 가지고 있었다.

"다음부터는 그러한 일이 벌어지지 않아야 하지 않겠나."

"……저는 누구도 믿지 않습니다."

"그럴 테지."

백리장천이 이해한다는 듯 고개를 끄덕였다.

윤후가 잇달아 굳어 있는 표정으로 입을 열었다.

"하지만…… 전쟁을 일으키지 말아야 한다는 건 동의합니다. 그리고 맹주님의 선택을 존중합니다."

"같은 목표라면, 함께 움직이기에 충분한 조건 아니겠나. 대신 감추는 것이 없어야 하네. 그래야 더 치밀한 움직임을 보일 수 있으니까."

"맹주님을 뵙기 전, 원로원주께서 직접 저를 찾으셨습니다."

윤후의 말에 백리장천이 그의 얼굴을 그윽한 눈길로 들여다보았다.

만태상과 무슨 이야기를 나눴는지 의아한 듯했다.

윤후가 지체 않고 입을 열었다.

"이번 임무가 군무맹과 무관하다는 걸 반드시 인지하고 있으라는 이야기였습니다."

"그라면 그럴 만도 할 테지."

백리장천이 쓰게 웃었다.

"……저는 형의 복수를 위해 개인적인 생각으로 움직일 겁니다. 말씀하신대로 군무맹은 목적이 같기에 함께 하는 것뿐이라는 말씀 드리고 싶었습니다."

단호하게 입을 떼는 윤후를 향해 백리장천이 엷게 미소를 머금었다.

"그대에게 군무맹을 향한 충성심 같은 건 바라지 않네. 애초부터 그리할 생각이 없었지. 다만, 잊지 말아 주게. 앞으로 자네가 할 임무가 내가 말했던 평화를 향한 걸음을 지키기 위함이란걸. 꽤 오랜 세월 동안 많은 사람들이 희생해 만든 결과라는 일을."

굳은 표정으로 입을 여는 백리장천의 얼굴을 윤후는 잠시간 들여다보았다.

세월이 지나간 흔적들이 그의 주름 속에 들어 있었다.

하지만 여전히 평화라는 꿈을 향한 바람은 그의 눈빛에 잠들어 있었다.

윤후는 그 눈빛을 쉬이 잘라 낼 수 없었다.

'다른 누군가…… 이유 없이 희생되는 이들을 막기 위한 일보.'

누군가를 챙길 만큼 여유가 있는 것은 아니었다.

하지만 백리장천의 말은 분명 윤후가 지금껏 겪었던 강호의 여타 고수들과는 달랐다.

그는 진심을 다해 자신의 마음을 열어 두었다.

이윽고 윤후는 백리장천이 먼저 건넨 손을 잡겠다는 양 고개를 끄덕이며 말했다.

"맹주님의 말씀, 새겨 두겠습니다."

"그 말만으로도 고맙군."

백리장천은 하고 싶었던 이야기를 나눴다는 듯, 한결 시원해진 표정으로 웃음을 머금었다.

그의 웃음에는 많은 의미가 깃들어 있었다.

윤후에 대한 안쓰러움, 미안함, 다가오고 있는 불안한 미래에 대한 걱정들까지.

하지만 백리장천의 눈을 보면 그는 단연코 쉬이 무너질 만한 사내가 아니었다.

오랜 세월 버텨 온 나무를 보는 것처럼 거목의 뿌리 같은 단단함을 그의 눈빛만 봐도 윤후는 느낄 수 있었다.

백리장천은 자신의 생각을 윤후에게 이야기하고 난 뒤, 그제야 본격적으로 임무에 관한 이야기를 시작했다.

"……그대에게 내릴 임무는 어느 정도 예상했겠지만 요인 침투 임무이네. 보통은 적들에게 드러나지 않는 십팔병귀나 본 맹의 정보 대대가 도맡는 일이나, 이번에는 경중이 다르니 더욱 은밀하게 움직일 거네."

은밀하게 움직인다는 백리장천의 이야기에 지금껏 침묵하고 있던 아선이 무겁게 입을 열었다.

"소인은 어찌……."

"아선 네가 이번 임무에 중심을 맡을 백 소협의 후방을 도맡게 될 것이다. 접선부터 시작해서 계획의 전반적인 일을 나와 이번 일을 나와 영군사 그리고 원로원주로 통하는 중간책이 된다는 얘기다."

중간책이라는 이야기에 아선의 눈이 빛났다.

윤후도 십팔병귀가 아닌, 맹주의 그림자인 아선이 직접 자신의 뒤를 맡아 준다는 이야기에 내심 놀랐다.

"원로원주께서는 일이 잘못될 경우, 본 맹의 흔적을 철저히 지울 것이라 말씀하셨습니다."

"그건 철저히 원로원주의 생각일세. 나의 생각은 중요치 않다 보는 겐가."

백리장천이 단호하게 입을 열었다. 단호하게 입을 떼는 순간.

그가 흘려내는 기도 때문인지 윤후는 숨이 멎을 만큼, 태산처럼 강한 기운을 느꼈다.

그리고 잠시 시간이 흐르자, 백리장천의 기운이 애초 사방을 뒤덮지 않았던 것처럼 눈 깜짝할 새 사그라졌다.

때마침 잔잔한 미풍이 윤후의 머리칼을 스치고 지나갔다.

스쳐 가는 미풍과 함께 백리장천도 다시 호인(好人)처럼 편안한 미소를 머금었다.

윤후는 새삼 자신이 중요한 사실 하나를 잊고 있었다는 걸 자각해야 했다.

이유야 어쨌건, 백리장천 그는 자신의 능력 하나로 모두가 숨죽이는 군무맹의 맹주 자리에 올라선 사내라는 것.

새삼 백리장천이 갈무리하고 있는 엄청난 기운을 마주한 윤후는 저도 모르게 든든한 아군이 생긴 것인지도 모르겠다는 생각을 했다.

윤후의 생각이 틀리지 않은 듯, 윤후를 바라보던 백리장천도 그를 그윽한 눈길로 바라보며 재차 입을 열었다.

"……나는 원로원주와도, 영군사와도 다르네. 나는 내

명령에 목숨이 걸린 사내를 쉬이 버리지 않아. 그 점 반드시 알아 두게. 물론 자네 형을 지켜 주지 못한 것에 대한 변명은 하지 않겠네만, 최선을 다했다는 것은 알아주길 바라네. 있어서는 안 될 죽음이었다는 것은…… 여전히 기억하고 있다네."

백리장천은 진심으로 백오동의 죽음에 대한 예의를 표했다.

군무맹의 그 누구도 백오동의 죽음에 대해 백리장천만큼 조의를 표하는 일은 누구도 없었다.

윤후는 백리장천이 하는 이야기가 진심이든, 아니든 이런 이야기를 해 주는 그가 새삼 고마웠다.

윤후가 쓴 웃음을 머금으며 대답했다.

"먼저 떠난 형님도 맹주님의 마음을 헤아릴 겁니다."

윤후의 대답에 백리장천은 고맙다는 듯 고개를 끄덕이고는, 계속해서 본론을 꺼냈다.

"이번 임무의 총괄은 아선이 할 것이네. 아선은 내 직속 휘하의 모든 병력을 백 소협을 지원하는 데 운용해도 좋을 것이다. 대신 은밀해야 한다."

"맹주님의 명을 받듭니다."

아선이 더욱 깊게 고개를 숙였다. 하나, 이건 그냥 가벼운 이야기가 아니었다.

아선이 이끄는 대대는 맹주 직속 휘하일 뿐 아니라, 맹주의 손발이 되는 대대였다.

백리장천이 움직일 때 그들은 모든 사방을 점거하고 미연의 사태를 대비한다.

백리장천이 편안하게 잠들 수 있는 건, 그들의 단단한 호위 때문인 셈이다.

그런 그들이 이번 임무로 인해 백리장천의 곁을 꽤 장기간 떠나 있게 된다면 백리장천은 그야말로 이 넓은 군무맹 내부에 손, 발, 귀가 잘린 채 구중심처에 홀로 남아 있는 것이나 다름없게 되는 셈이었다.

윤후는 그의 선택에 눈살을 찌푸리며 물었다.

"직속 휘하의 병력을 전부 제 후방을 맡아 주느라 두신다면 맹주님께서는……."

"그건 그대가 염려할 필요가 없네."

백리장천은 딱 잘라 이야기했다.

이어서 그는 염려 섞인 윤후의 표정을 바라보면서 덧붙여 입을 뗐다.

"이곳은 군무맹이네. 그리고 나는 이곳을 지키는 마지막 배수진이고. 배수진이 쉬이 뚫리겠는가."

애써 환하게 웃어 주는 백리장천을 향해 윤후는 대답 대신 깊게 고개를 숙였다.

고개 숙이는 윤후를 바라보다 다시 아선을 향해 시선을 돌린 그는 아선에게 나지막한 목소리로 입을 열었다.

"월백신위대에게…… 사마련의 현재 동향, 그들의 빈틈으로 들어갈 수 있는 신분, 상황들을 준비해 놓으라 명령해 두었다. 지금까지 모아 놓은 정보를 토대로 단 두 사람에게 이번 일을 일임할 것이다. 세부 계획은 오로지 나에게만 보고해야 한다. 무슨 말인지 알아들었느냐."

"예. 명심하겠나이다."

"……하면 할 이야기 끝났군."

백리장천은 무거웠던 분위기를 깨듯, 다시 부드러운 미소를 머금으면서 윤후에게 이야기했다.

"많은 위기가 생길 걸세. 아직 밝혀지지 않은 그들의 배후는 물론이거니와, 그대와 나의 생각대로 내부에 여전히 그들과 교류하고 있는 자들이 있다면 이번 임무 자체가 적들에게 확연히 드러날 수도 있네. 만약 그러한 일이 벌어진다면."

백리장천이 잠시 말끝을 흐리자 윤후도 굳게 입을 닫은 채 그의 눈을 마주 바라보았다.

잠시 정적이 흐르고, 백리장천이 찰나간 날카로워진 눈빛으로 윤후에게 말을 덧붙였다.

"포기하지 말게. 절대로. 설사 내가 이번 일을 다하지 못하고 그대의 후방을 돕지 못한다 해도 그대는 이번 일을 손에서 놓아선 안 되네. 그리해 줄 수 있겠나."

백리장천은 자신의 입으로 쉬이 담긴 힘든 말을 했다.

죽음.

맹주의 죽음이 있어도 임무를 수행해야 한다는 이야기였다. 그의 말에 백리장천의 이야기를 듣고 있던 윤후가 다물고 있던 입을 천천히 열었다.

"말씀 드렸습니다. 맹주님의 목적과 제 목적이 동일하니, 제가 움직이는 것이라고. 애초, 그런 청을 제게 하실 필요는 없으십니다. 저는 이번 일을 일으킨 '그'를 잡기 전까지는 멈추지 않을 겁니다. 제 심장이 뛰는 한 놈은 결코 쉬이 잠들지 못할 겁니다. 반드시."

적발 사내를 생각하는 것만으로도 윤후의 눈에서는 불똥이 튀었다.

애써 감정을 추스르기는 했지만, 여전히 윤후에게 의문의 적발 사내는 같은 하늘을 이고 살 수 없는 사내였다.

"괜한 것을 물어봤군."

윤후의 대답에 쓰게 웃은 백리장천은 이윽고 후원 정자를 바라보면서 말을 이었다.

"……임무의 시작은 아선과 협의해 그대가 직접 정하게. 정리해야 할 일들이 있을 테니."

"그리하겠습니다."

담담한 목소리로 대답하는 윤후의 말을 들은 뒤에서야 백리장천은 윤후와 아선에게 더 따라올 것 없다며 말을 남기며 걸음을 옮겼다.

몇 걸음 쯤 갔을까, 걸음을 옮기던 백리장천이 문득 자리에 서서 생각이 났다는 듯 입을 열었다.

"아, 그리고 그대가 구해 낸 내 딸이 그대를 꽤나 보고 싶어 하더군. 아직 완쾌하지는 않았으니, 그대가 한번 들려주었으면 싶네. 그 녀석도 은인의 얼굴은 알아야 하지 않겠나."

그 말을 끝으로 백리장천은 윤후의 시야에서 완전히 사라졌다.

곧 후원에 덩그러니 아선과 남게 된 윤후는 아선을 쳐다보며 입을 열었다.

"괜찮겠소?"

많은 의미가 내포된 물음이었다.

목숨을 걸어야 하는 임무이며, 뒤에 많은 것을 두고 와야 하는 일이기도 했다.

윤후 본인은 목적이 있어 움직인다고는 하지만 아선에게는 꽤나 부담이 가는 일일 게 분명했던 것이다.

그런 윤후의 마음을 짐작한 듯, 아선이 무덤덤한 표정으로 입을 열었다.

"나의 임무는 맹주님이 원하시는 일을 하는 것이오. 설사 지옥으로 뛰어 들어가라 하더라도 나는 그 일을 해내야만 하오. 그런 내게 지금과 같은 그대의 질문은 사치요."

"맹주님이 당신을 신뢰하는 이유를 알겠군."

아선은 윤후의 중얼거림에 아무런 대답도 하지 않았다.

대신 화제를 돌리며 말문을 열었다.

"……최대한 빨리 움직이는 게 좋을 것이오. 악화된 상황은 시시각각 더 악화되고 있고 계획을 세우고 준비하는 데는 그만한 시간이 더 들 테니."

아선의 이야기에 윤후는 무겁게 고개를 끄덕였다.

그의 이야기가 옳았다. 하지만 백리장천의 말대로 지금

은 정리할 게 있었다.

우중산을 비롯해 가문의 일을 전혀 돌봐 주지 못했기 때문이다.

무엇보다 멍석 아래 발견한 우일호의 시신도 제대로 처리해 주지 못했었다.

쫓기는 입장이었기 때문이다.

그 이후 우일호의 시신이 어떻게 처리됐는지 제대로 알아보지도 못했고, 장례가 치러졌는지도 몰랐다.

우중산을 한번쯤은 돌아봐야 했다.

"다녀와야 할 데가 있소."

"하루 말미를 드리겠소."

아선은 그간 윤후가 어떤 상황에 처했었는지 잘 알고 있었기에 하루의 말미를 그에게 주었다.

하루 말미를 받은 윤후는 고개를 끄덕이고는 후원을 벗어나기 위해 걸음을 옮겼다.

막 뒤를 돌아서서 걸어가는 윤후의 등 뒤로 아선의 목소리가 이어졌다.

"……오늘과 동일한 시각에 그대의 장원으로 가겠소."

윤후는 대답 대신 발걸음을 재촉했다.

하루의 말미, 꽤나 할 일이 많았다.

군무맹을 벗어나려 동문으로 걸어가던 윤후의 걸음을 일단의 무리가 가로막았다.

여인의 차림을 한 무리들이었다.

홍의 경장을 입은 세 명의 여인들은 허리춤에 연검을 허리띠처럼 두르고는 윤후가 더 앞으로 갈 수 없게 만들었다.

윤후가 자신의 길을 막은 그들을 보며 물었다.

"왜 길을 막으시는 것이오."

"아가씨께서 당신을 보고자 하시오."

"아가씨?"

반문한 윤후는 이내, 백리장천이 남긴 이야기를 떠올렸다.

"공녀를 말함이오?"

윤후의 물음에 홍의 경장의 여성 무인들은 고개를 끄덕였다.

윤후는 그들을 일견 보고, 그들이 어디 속해 있는지 알 수 있었다.

금세파랑이라 불리는 백리서린을 지키는 그녀의 개인 호위대, 홍령화(紅靈花)들이었다.

상단 소속이기는 하지만 백리서린이 직접 설득이나 혹은 호위로 거두어서, 자신의 개인 호위대로 만들었다고 알려져 있었다.

물론 이번 사건이 벌어질 때 홍령화들은 백리서린의 명령을 받고 다른 지역에 있었기에 그녀를 지킬 수 없었지만, 그 어떤 이들보다 백리서린에게 깊은 충성심을 가지고 있다 알려진 집단.

대대 급은 아니고 소수에 불과하지만, 그녀들은 합격술을 펼칠 때 절정 고수 다섯은 묶어 둘 수 있다고 한다.

그런 그녀들이 백리서린의 명령을 듣고 윤후에게 달려온 것이다.

그녀들은 일견 위협적으로 보였으나 윤후는 아랑곳 않고 입을 열었다.

"고맙다는 인사는 괜찮소. 나는 해야 할 일이 있었고, 그 일이 우연히 부딪치게 된 것이니."

윤후는 그녀들이 찾아온 연유를 알았기에 고개를 저으며 대답했다.

하나 홍령화 셋은 윤후의 대답이 만족스럽지 않은 듯했다. 가장 선두에 있던 홍령화가 윤후에게 말했다.

"아가씨께서 찾으시오."

똑같은 말을 반복하는 그녀를 보며 윤후가 깊은 한숨을 쉬었다.

앞뒤가 꽉 막힌 그녀들을 보며 윤후는 알겠다는 양 고개를 끄덕였다.

백리장천의 언질도 있었으니 그녀를 한번 만나 볼 작정이었다.

이윽고 윤후가 승낙을 하자 홍령화들이 윤후를 둘러싸듯 양옆과 앞에 자리를 잡고 걷기 시작했다.

졸지에 반 강제로 끌려가게 된 윤후가 저도 모르게 헛웃음을 흘렸다.

얼마 지나지 않아 홍령화가 이끈 곳은 그녀가 머무는 개인 처소였다.

북쪽 문으로 향하는 길목에 위치한 작은 처소에 머무는 그녀는 북문으로 향할 때 반드시 지나야만 하는 목조 다리 위에 하얗게 질린 얼굴로 수면 아래를 내려다보고 있었다.

윤후는 잠시 걸음을 멈춰 세우고 눈을 내리깐 채 수면을 내려다보고 있는 그녀를 우두커니 응시했다.

그녀의 청초한 아름다움에 홀렸기 때문이 아니었다.

자신을 기다렸던 백리장천의 모습과 그녀의 모습이 투영

됐던 탓이다.

백리장천의 은은한 부드러움을 그녀는 그대로 갖추고 있었다.

홍령화들은 윤후가 그녀의 아름다움에 매혹되었다고 생각한 듯 눈살을 찌푸렸다.

"무엇하시오?"

선두에 서서 걸어가던 홍령화의 날카로운 물음에 윤후가 좌우로 고개를 저었다.

"별것 아니오."

윤후가 아무 일 없다는 듯 고개를 젓자 홍령화들은 사내놈들이 다 그렇지, 라는 얼굴로 다시 걸음을 내딛었다.

그녀들을 따라 다리 위에 서 있는 백리서린의 앞까지 다가간 윤후는 이윽고 자신을 바라보는 백리서린을 마주 볼 수 있었다.

백리서린은 길게 기른 머리를 단정이 빗어 묶고 있었고, 초췌한 안색임에도 눈빛만은 뜨겁게 살아 있었다.

잇달아 홍령화들이 양옆으로 비켜섰다.

"아가씨, 손님을 모셔 왔습니다."

"할 이야기가 있으니, 잠시 자리를 비켜 줄래?"

그녀의 말에 홍령화들이 각기 삼면으로 흩어졌다.

홍령화들이 멀찍이 떨어지자, 그녀의 시선이 다시 백윤후를 향했다.

백윤후는 그녀를 향해 고개를 짧게 숙였다.

"백윤후입니다."

가볍게 인사하는 그를 향해 백리서린도 짧게 목례했다.

"백리서린이에요. 이제야 통성명을 하는군요."

반갑다는 듯 인사를 건네는 그녀를 향해 백윤후가 그녀와 나란히 서며 재차 입을 열었다.

"굳이 나를 보고자 하는 연유가 무엇입니까."

백윤후의 말에 백리서린이 가볍게 미소 지었다.

"은인을 한 번쯤 보고 싶었다랄까, 라면 대답이 될까요."

"생각한 답은 아닙니다. 다른 이유가 있을 거라고 예상했습니다만."

"있는 그대로 보지 않으시는군요."

그녀의 말에 윤후는 묵묵부답이었다.

대신 그는 다리 아래 보이는 수면을 응시할 뿐이었다.

그러다 문득 정적을 깨고 윤후가 그녀의 말에 대답했다.

"있는 그대로 보기에는 너무 많은 것들이 가려져 있으니까……."

쓸쓸한 듯 읊조리는 윤후의 말에 그녀는 소문에 들은 대로 그가 꽤나 많은 일을 겪었음을 짐작했다.

이윽고 윤후의 말을 들은 백리서린이 담담한 어조로 말문을 열었다.

"이번에 새로운 임무를 부여 받으신다 들었어요."

"그런 셈입니다."

윤후가 딱딱한 어조로 대답했다.

그의 대답에 백리서린의 눈이 빛났다.

"이번에야말로 그들의 정체를 캐낼 수 있겠군요."

백리서린도 자신을 노린 자들에 대해 꽤나 궁금한 듯했다.

"내게 부탁할 일이 있으십니까."

윤후는 백리서린이 자신을 굳이 보고파 한 이유가 궁금했다.

그의 의아함이 섞인 눈빛에 백리서린이 엷게 미소 지었다.

"그 임무가 무엇이든, 제가 함께했으면 싶군요."

갑작스러운 그녀의 제안에 윤후의 눈이 가늘어졌다.

"맹주님께 말씀하셔야 될 듯싶습니다만."

"따로 보고 드릴 셈이에요. 하나 허락지 않으신다면 저는 당신을 무작정 따라갈 겁니다."

"그게 무슨……."

이해할 수 없다는 듯 눈을 가늘게 뜬 윤후를 향해 백리서린의 눈동자에서 일순 불꽃이 튀었다.

"두 다리가 움직여지질 않는다네요. 평생을 내 곁에 지켜 준 분이."

와삼을 이야기하는 것이다.

윤후는 그녀가 누구를 말하고 있는지 곧장 짐작했다.

당시, 그녀를 구할 때 함께 쓰러져 있었던 사내의 상태가 심각했었기 때문이다.

그녀의 말에 윤후가 단호하게 고개를 저었다.

"맹주께서도 허락지 않으실 테지만, 나 또한 공녀와 함께 할 생각이 없습니다."

"왜죠?"

"솔직히 말씀 드릴까요."

"물론이에요."

"부담됩니다. 짐 하나를 어깨에 얹고서, 목숨을 건 싸움을 할 수가 없습니다."

윤후는 결코 그녀의 제안을 수락할 생각이 없었다.

그녀는 이 일이 어떤 싸움인지 제대로 보고 있지 못하고 생각했던 탓이다.

윤후의 대답에 그녀가 차가워진 얼굴로 입을 열었다.

"함께하든, 하지 않든 나의 뜻이겠지만, 백 대협의 말씀에는 어폐가 있네요."

윤후는 대답하지 않은 채 그녀를 뚫어지게 응시하기만 했다.

그녀는 윤후의 냉정한 시선에도 불구하고 계속 말을 덧붙였다.

"개인적 복수심이 본 맹의 의도와 결합되어 부딪친 것일 텐데, 같은 처지에 있는 나는 불가능하다고 여기는 것인가요?"

"그렇습니다."

윤후가 단호하리만치 냉정하게 입을 뗐다.

그의 말에 그녀는 납득할 수 없다는 눈으로 윤후를 응시했다.

윤후도 그녀의 뜨거운 시선을 마주 보며 말을 이었다.

"이유를 듣고 싶어졌네요. 그렇게 생각하는 근거를 대보세요."

"아직 지킬 것이 있지 않습니까. 공녀는."

나직하지만 힘 있는 윤후의 목소리가 백리서린의 귓가에
울려 퍼졌다.

백리서린은 그의 말에 잠시 아무 말도 할 수가 없었
다.

그 어떤 이야기도 입 밖으로 나오지 않았던 까닭이다.
그녀는 윤후의 눈동자에서 진심을 보았다.

어느새 그의 눈동자 속에 담긴 씁쓸한 잿빛을 그녀는 확
인할 수 있었다.

'모든 것을 잃어버린…….'

윤후를 바라보던 그녀의 눈빛이 세차게 흔들리자, 그녀
의 눈빛을 담담한 얼굴로 받아 내고 있던 윤후가 더 이상
의 말없이 몸을 돌렸다.

"아직 이야기는 끝나지 않았어요."

돌아서는 윤후를 향해 백리서린이 다급히 소리쳤다.

그러자 윤후가 돌아서지 않은 채 그녀를 향해 입을 열었
다.

"한마디만 말해 두죠. 지금 공녀에게 복수는…… 사치
일 뿐입니다. 복수를 고민할 시간에 지금 공녀에게 남은
사람들에게 최선을 다하시는 게 나을 겁니다. 모든 걸 잃
기 전에."

살짝 고개를 돌린 윤후의 눈빛은 분명 따뜻했다.

하지만 그것도 잠시 다시 고개를 돌려 앞으로 걸음을 옮기는 윤후의 뒷모습은 무척이나 외로워 보였다.

단지 걷기만 할 뿐인데도.

6장
폭풍 속으로

원로원주(元老院主) 만태상(萬太上).

독자(獨子)로 태어났다. 어릴 때부터 정예 무인의 길을 닦아 왔고, 그가 속한 만휘가(萬輝家)는 오랫동안 맹주의 자리를 차지해 왔던 선우 가와의 관계를 돈독히 다졌다.

그는 정확히 약관이 넘은 무렵, 일개 대대의 타격대 대주가 되었고, 가문의 숙원이었던 선우가와 사돈을 맺는 데 가장 중요한 역할을 해냈다. 스스로 선우가의 사위가 되고자 한 것이다.

그의 부인은 선우양희, 오랫동안 맹주의 씨를 이어 왔던 선우세가의 딸이라고는 믿기지 않을 만큼 몸이 약한 여인이었다.

하나 그녀의 재지는 하늘에 닿을 만큼 뛰어나다고, 재지 때문인지 그녀는 만태상이 원하는 것, 원치 않는 것은 늘 말하지 않아도 금세 구분해 내고는 했다.

하지만 그런 그녀조차 만태상의 사랑을 얻어 낼 수는 없었다.

그녀는 만태상이 무엇 때문에 자신을 사랑한다고 고백했는지 이미 알고 있었고, 그 사랑이 언젠가 어긋날 것임을 예상했다. 그리고 그의 나이 서른아홉이 되던 운명의 날, 많은 이들의 인생이 찢어졌다.

백리서린과의 만남 이후 겨울비가 쏟아지기 시작했다.

차가운 바람이 부는 와중에 비까지 내리자 등골을 타고 서늘함이 느껴졌다.

윤후는 비를 흠뻑 맞으면서도, 진기를 끌어올릴 생각은 전혀 하지 않았다.

그저 추위를 몸으로 직접 감내했다.

온몸이 불덩이처럼 열이 끓어서 비를 맞지라도 않으면 견뎌 낼 수가 없을 것 같았기 때문이다.

그렇게 윤후는 가슴속에 끓어오르는 감정들을 애써 추슬러 가며 이젠 인적이 없는 가문 대문 앞까지 당도했다.

빗속에 우두커니 서 있는 가문의 장원은 여전히 그대로 였다.

더 이상 사람의 생기가 만연하진 않았지만 나무, 현판 모든 것이 그대로였다.

그저 사람이 바뀌었을 뿐이었다.

끼익.

비를 뚫고 다시 걸음을 옮긴 윤후가 문을 열고 들어서자 반기는 이는 아무도 없었다.

추적추적 내리는 빗줄기 소리만이 윤후를 반겨 줄 뿐이 었다.

윤후는 마당을 가로질러 느리게 형의 서재가 있는 곳을 향해 발길을 옮겨갔다.

저벅. 저벅.

비를 피해 백오동의 처소 안으로 들어서서, 서재로 통하 는 길로 들어가려던 윤후는 서재 안에 기척 소리를 듣고는 눈을 빛냈다.

서재 안쪽으로 들어서자, 그 안에는 백오동이 남긴 일기 를 읽고 있는 우중산이 보였다.

우중산은 회한이 담긴 눈빛으로 뜨거운 눈물을 흘리고 있었다.

동시에 우중산은 일기를 쓸어내리면서 윤후에게 나지막한 목소리로 입을 열었다.

"공자께서 오시기를 기다렸습니다. 이 늙은이가."

서재 안은 탁한 공기로 가득했다.

더불어서 초췌한 우중산의 안색을 보아, 윤후는 그가 서재 안에서 꽤나 오랫동안 머물렀다는 사실을 직감할 수 있었다.

"식사는…… 하셨어요?"

"공자께서 어떠하십니까?"

"저도 아직 식전이에요. 하루 종일 굶었더니 배가 고프네요."

둘은 마치 아무 일도 없었던 것처럼 태연하게 일상적인 대화를 했다.

어쩌면 다시는 돌아오지 않을 날에 대한 미련들 때문인지도 몰랐다.

식사 얘기를 하긴 했지만, 두 사람 중 누구도 서재 밖을 빠져나가지는 않았다.

윤후는 그저 우중산의 앞에 우두커니 계속 서 있을 뿐이었고, 우중산도 별반 움직임 없이 책을 쓸어내릴 뿐이었다.

"장례는…… 어찌."

계속되던 침묵을 먼저 깬 것은 윤후였다.

그가 담담한 어조로 묻자 우중산이 기다렸다는 양 말문을 열었다.

"제 자식 놈도 가주님과 함께 장례를 치렀습니다. 군무맹에서 시신을 본가로 보내 주더군요. 하여 화장을 치렀습니다."

"형의 유언이 있었군요."

"예."

우중산이 무겁게 고개를 끄덕였다.

이미 백오동은 자신의 죽음을 예감하고 있었다.

그에 따른 유언들을 우중산에게 남겨 놓은 것이다.

그 생각을 하니, 윤후는 잠시 우중산을 똑바로 바라볼 수가 없어 눈을 내리깔았다.

우중산을 향한 원망 때문만은 아니었다.

그저 많은 날들의 악몽이 떠올라 다시 심장에 열이 오르는 듯했기 때문이다.

윤후가 눈을 내리깔며 입술을 굳게 닫자, 우중산이 그윽한 눈길로 윤후를 바라봤다.

"공자."

"예."

윤후가 눈을 내리깐 채 입을 떼자 우중산이 자리에서 일어나 그에게 다가왔다.

"……가주님께서는 이 가문의 홍복이셨습니다. 너무 어릴 때부터 막중한 짐을 짊어지고 계시면서도 고단하다, 힘들다는 말 한번 하신 적이 없는 분이시기도 했지요."

우중산은 자신이 기억하는 백오동에 관한 이야기를 윤후에게 하나씩 하나씩 꺼내 주었다.

"하지만 단 한 번 가주님의 눈물을 본 적이 있습니다."

"……."

"공자께서 가문을 등지고 그분을 따라 떠나셨을 때지요."

백오동이 눈물을 흘렸다는 것에 윤후는 내심 가슴이 쓰려 왔다.

늘 형이 있는 곳은 보금자리라는 생각이 있었다.

형은 단단한 철옹성 같았고, 거목처럼 늘 자신의 곁을 지켜 줄 것 같았기 때문이다.

그건 커서도 마찬가지였다.

하지만 그 모든 든든함 뒤에는 백오동의 남모른 슬픔이 있었을 게 분명했다.

그때는 헤아리지 못했지만 적어도 이제는 알 수 있었다.

백오동이 오랜 세월 짊어졌었던 짐을.

이윽고 깊게 가라앉은 윤후의 눈동자를 바라보며 우중산이 힘없이 웃었다.

그의 눈동자에 깃든 슬픔은 깊었다.

자식을 잃고 주인을 배신했다는 자괴감 때문인지 우중산은 전보다 기력이 쇠잔해진 듯 보였다.

윤후가 우중산을 잠자코 바라보다 다시금 입을 열었다.

"친구 하나가 그러더군요. 산 사람을 살아야 된다고."

적우를 떠올린 윤후의 말에 우중산이 쓰게 웃었다.

"이미 살아도 죽은 사람이라면, 상관없겠지요."

"그런 말씀하지 마세요."

이제 남은 건 우중산뿐이었다.

윤후는 고단했던 그의 강호 생활이 적어도 말년에는 편안해지기를 바랐다.

"장원을 파셔서라도 노후는 편안히 보내세요."

윤후의 진심이었다.

그는 우중산을 가문의 일원으로서는 이해할 수 없었지만, 한 자식을 지키고 싶었던 아비로서는 이해했다.

부모 마음을 어찌할 도리가 없다는 것쯤은 부모가 되어 보지 않아도 겉핥기만으로도 대략은 짐작할 수 있다.

우중산은 그들의 의도대로 움직여 주어야 했고, 그건 결과를 떠나서, 형을 배신한 것만은 아니었다.

형은 이미 모든 사실을 알고 있었고 자신의 선택이 옳다고 믿었기 때문에 움직인 것이기 때문이다.

윤후가 깊은 상념에 빠진 듯 침묵을 지키자 우중산이 울음이 섞인 듯 먹먹해진 목소리로 어렵사리 말을 이어 나갔다.

"저는 됐습니다. 하지만 동철회와 싸우느라, 그나마 남아 있던 가문의 무인들도 대부분 죽거나 부상을 입었습니다. 사실 이 장원을 팔고 남은 돈은 그런 그들의 유족들과 살아남은 이들의 가족들에게 나눠 주었습니다. 이제 곧 이 장원도 떠나야겠지요……."

윤후는 끝까지 가문의 가솔들을 보살피려는 우중산의 노력이 그가 가여워질 만큼 존경스러웠다.

"잘하셨습니다. 형이 떠난 이 장원은 본래부터 영감님

것이었습니다."

우중산은 윤후가 그의 옳은 선택에 찬성할수록, 더욱 슬
퍼지는 눈동자로 그를 바라보았다.

그러면서 윤후의 오른손을 주름살 가득한 두 손으로 꽉
잡으며 입을 뗐다.

"이 늙은이가 어찌 이리 부끄러운 짓을 했는지 모르겠
습니다. 혈육의 정을 지키고 가문도 지킬 수 있는 선택이
얼마든지 있었을 것인데…… 분명 그리 했을 것인
데……."

지난날의 과오를 돌리고 싶다는 듯 참회의 눈물을 흘리
는 우중산을 윤후는 따뜻한 눈으로 바라보며 그저 말없이
그의 등을 손으로 쓸어내리면서 다독였다.

"그들의 잔존 세력은 사방으로 흩어졌고, 그들이 누구였
는지, 무슨 목적으로 군무맹을 뒤흔들었는지조차 아무것도
단정 지을 수 없다고들 합니다. 하나, 아직 모든 게 끝난
것이 아닙니다."

우중산은 그 와중에도 제대로 말을 잇지 못하고 오열했
다.

오열하는 그를 따뜻하게 감싸 안은 윤후는 그의 귓가에
다짐하듯 속삭였다.

"밝혀낼 겁니다. 반드시, 밝혀낼 겁니다."

윤후의 품 안에 안긴 우중산이 그 순간, 뜨겁고 붉은 피를 토해 냈다.

가슴팍에서 뜨끈한 느낌이 든 윤후가 급히 그를 떼어 내며 눈을 부릅떴다.

동시에 윤후에게 안겨서 오열하던 우중산의 두 다리가 힘없이 풀렸다.

무릎이 꺾이고 그의 허리와 머리가 바닥으로 떨어지려 하자 윤후가 급히 우중산의 허리를 감싸 안으면서 바닥에 주저앉았다.

"영감—!!"

소리치는 윤후의 가슴 앞섶을 우중산이 손가락을 구부려 잡아당기며 고개를 좌우로 힘겹게 저었다.

"아…… 아, 아무 마…… 말…… 씀도……."

"누가, 누가 이런 짓을!"

핏줄 선 윤후의 눈동자에 불꽃이 튀었다.

겨우 형의 죽음을 추스르는 중이었다.

그런데 눈앞에서 다시 우중산이 쓰러지는 광경을 지켜보게 된 윤후의 입술이 새파랗게 질렸다.

이어서 윤후는 다급한 얼굴로 급히 우중산의 맥을 살피

려 손을 뻗었지만, 그 손을 막아선 건 다름 아닌 피를 쏟아 내고 있던 우중산이었다.

우중산은 고통 속에서도 애써 얼굴을 일그러트리지 않으려 억지웃음을 짓고 있었다.

하지만 윤후는 그 순간, 그의 눈만은 유일하게 평온하다는 걸 직감해야 했다.

'혹여.'

자결이라는 생각이 윤후의 뇌리를 스쳐 지나간 것과 동시에 우중산이 굵은 피를 재차 토해 내면서 쇠잔해진 목소리로 입을 열었다.

"……아, 아, 무도 제…… 제게, 위, 위, 위해를……가, 가하지 않았습니다. 하아…….”

거친 숨을 핏물과 함께 토해 내면서도 입을 벙긋거리는 우중산을 향해 윤후가 고개를 좌우로 저었다.

"제발…… 제발. 아무 말씀도 하지 마세요, 영감. 영감마저 가 버리면, 당신마저 가 버리면 나는 이제!”

윤후의 눈가를 타고 흐르는 눈물이 우중산의 주름진 미간 위로 떨어져 우중산이 흘리는 눈물과 함께 뒤섞여 흘러내렸다.

우중산은 이제 숨을 헐떡거리며 마지막 생기를 불태우기

시작했다.

우중산은 윤후에게 가까이 오라는 듯, 입을 벙긋거리며 눈짓했고, 윤후는 행여 그의 말을 놓칠 새라 귀를 그의 입가에 가져갔다.

윤후의 귓가로 우중산의 목소리가 너무나도 선명하게 들어오기 시작했다.

어쩌면 죽는 이들 중, 유언을 남기고픈 의지가 강하여 생긴다는 회광반조인지도 몰랐다.

"나는…… 죄인입니다. 주인을 배신했고, 가문을 무너뜨렸습니다. 잘못된 선택에 대한 벌이 자식에게 향한 듯하여 스스로 죗값을 치르려 합니다. 이 죽음은 순전히 저의 뜻입니다. 그러니, 부디 울지 마세요, 작은 주인. 먼저 떠나 가주님을 찾아뵙고 작은 주인의 삶의 풍요로움을 빌겠나이다."

물 흐르듯 부드럽게 이어지는 우중산의 목소리에 윤후는 입만 벙긋거릴 뿐, 아무런 말도 할 수가 없었다.

지금 그의 말을 잘라 버리면 다시는 그의 목소리를 들을 수 없을 것 같았기 때문이다.

하지만 윤후의 의지와는 달리 우중산의 목소리는 더 이상 그의 귓가에 울려 퍼지지 않았다.

어떤 호흡 소리도, 기침 소리도, 피를 토하는 소리도 들리지 않았다.

그저 삭막해진 공기만이 서재 안을 뒤덮고 있을 뿐이었다.

윤후는 정적 속에서 안고 있던 우중산을 바닥에 느리게 눕혔다.

이어서 한 많은 세월을 살다간 그를 추모하듯, 윤후는 부릅뜬 그의 눈을 한 손으로 천천히 감겨 주었다.

그제야 완전히 눈을 감게 된 우중산을 아무 말 없이 내려다보던 윤후는 굽히고 있던 무릎을 다시 일으켰다.

완전히 자리에서 일어난 윤후는 서재 공간을 빠져나가 처소 밖으로 걸어 나갔다.

밖은 여전히 추적추적 내리는 빗줄기로 가득했다.

"하아……."

떨어져 내리는 비를 바라보며 윤후가 깊은 한숨을 내쉬자, 차가운 입김이 뭉게뭉게 피어올랐다.

입김은 곧 신기루처럼 사라졌다 나타나기를 반복했다.

어쩌면 사람의 인생도 이와 같이 신기루의 반복이 아닐까, 윤후는 잠시 생각했다.

이윽고 생각이 정리된 듯, 쓰게 웃은 윤후는 먼저 세

상을 뜬 백오동을 떠올리며 나지막한 목소리로 중얼거렸
다.

"형…… 영감 잘 보살펴 줘. 그곳에서도. 영감은 영감
나름대로 최선을 다했거든."

그렇게 대청마루에 우두커니 선 채 비를 응시하던 윤후
의 앞으로 담벼락을 넘어선 일단의 흑의인 두 명이 나타났
다.

두 사람은 기다렸다는 양, 윤후의 앞으로 달려들고, 윤
후는 재빨리 뒤로 물러서면서 허리춤에 있는 월양쌍륜검의
검집을 잡으려 했다.

그때 흑의인들 중 앞서서 달려온 괴인이 별안간 쓰고 있
던 검은색 죽립을 풀어헤쳤다.

그리고 드러나는 얼굴.

왼쪽 얼굴 절반이 화상으로 얼룩져 기묘하게 뒤틀린 사
자은이였다.

그를 다시 보게 될 줄 예상하지 못했던 윤후로서는 꽤나
놀랄 수밖에 없었다.

이번에 사마련으로 떠나고 나면 어쩌면, 다시는 기회가
돌아오지 못할 거라 생각했던 탓이다.

사자은이는 놀란 듯 우두커니 멈춰 선 윤후를 바라보며

빗줄기 속에서 대청마루로 걸어 들어왔다.

그의·곁에 있던 또 다른 흑의인도 함께 사자은이를 쫓았다.

두 사람이 나란히 윤후와 마주한 채 대청마루에 올라서자, 윤후가 눈을 가늘게 뜨며 물었다.

"대체 여긴 어떻게."

윤후의 물음에 사자은이는 비로 젖은 흑의를 툭툭 털며 전음을 시전했다.

─군무맹의 일이 저자까지 소문에 퍼졌다. 백가의 백윤후가 맹주로부터 목숨을 구함 받았다고.

"한데?"

─그래서 조금 더 캐 봤다. 그리고…… 네가 맹주로부터 개인적인 임무를 받을 것이라는 사실 또한 알아냈지. 네가 군무맹에서 나오기만을 기다렸다. 사실.

사자은이의 말에 윤후의 눈에 잠시 의아함이 서렸다.

윤후가 궁금한 것이 있는 듯하자 사자은이도 예상한 듯 재차 입을 벙긋거렸다.

─자세한 이야기는 들어가서 하지.

그때 윤후가 고개를 저었다.

"서재는 안 돼."

―어째서지?

"영감님이 돌아가셨다, 방금."

윤후가 누구를 가리키는지 알고 있는 사자은이의 눈이 가늘어졌다.

―살해당한 건가?

우중산이 살해당했는지 여부를 묻는 사자은이를 향해 윤후가 단호하게 고개를 저었다.

그의 말에 쉬이 감정 표현을 하지 않는 사자은이조차 잠시 입을 닫고 말이 없었다.

―결국 그리된 것인가.

사자은이는 마치 이런 일이 있을지도 모른다는 예상을 했었던 것인 듯 말했다.

그의 이어진 전음에 윤후는 더 말하고 싶지 않다는 양 이내, 화제를 돌렸다.

"내게 뭔가 부탁할 요량이었다면 쉽지 않을 거야. 놈들의 모든 흔적은 군무맹에서 거둬 갔고 나 또한 고작 하루 말미를 받았어. 오늘 하루가 지나면 다음 날부터는 맹주의 사람이나 다름없게 될 거야."

윤후의 말에 사자은이는 대답 대신, 다른 처소를 가리키면서 전음으로 대답했다.

———……혹여 보는 눈이 있을 수 있으니 들어가서 얘기하지.

아무래도 이야기가 길어질 듯싶었다.

윤후는 알았다며 고개를 끄덕였다.

먼저 우중산의 시신을 장례 치르는 것이 먼저였으나 의원을 부르고 장례를 준비하면 장원을 보는 눈들이 생길 게 빤했다.

사자은이를 숨기려면 우선은 그와 먼저 이야기를 나누는 것이 먼저였다.

"가지."

윤후가 먼저 장원의 다른 방으로 자리를 옮겼다.

그 뒤를 사자은이와 아직 정체를 밝히지 않은 흑의인이 뒤따랐다.

얼마 걷지 않아 다른 방으로 들어선 세 사람은 이내, 문을 닫았다.

세찬 소리를 내던 빗소리가 문을 닫자 미약하게 줄어들었다.

윤후가 먼저 탁상 앞에 자리를 잡자 잇달아 사자은이와 정체 모를 흑의인도 쓰고 있던 방갓을 벗었다.

이어서 사자은이가 함께 하는 흑의인을 소개했다.

―내가 일전에 얘기했던, 이 모든 일의 열쇠가 될 사내다.

"열쇠?"

사자은이의 전음을 들은 윤후가 가늘어진 눈동자로 십자 형태의 흉터를 볼에 가진 사내를 뚫어지게 응시했다.

어디선가 낯이 익은 얼굴이었기 때문이다.

―너는 그를 본 적이 있다. 그 또한 마찬가지고.

사자은이의 계속되는 전음은 윤후를 또다시 깊은 생각에 빠지게 만들었다.

윤후는 찰나 간, 지금껏 지나온 기억들을 더듬거렸다.

'왜 그가 낯이 익은 것일까.'

윤후가 기억을 더듬어서 찾아내기 전, 사자은이가 먼저 그의 기억 속 사내를 끄집어내 주었다.

―그는 간수였다. 무오객잔, 즉 제삼외옥을 지키던 간수. 문수. 본청에 알리기 위해 따로 움직인 간수지.

윤후는 그제야 그를 기억 속에서 떠올릴 수 있었다.

"문수요."

기억 속에서 그 부드럽던 눈매와는 달리, 냉철한 눈빛을 지니게 된 문수는 윤후에게 가벼이 인사를 건넸다.

윤후도 고개를 까딱이며 그의 인사를 받고는 이어서 그

에게 직접 물었다.

"사자은이가 왜 당신을 이 모든 일의 열쇠라고 생각하는 것입니까."

윤후가 단도직입적으로 문수에게 묻자 문수가 눈을 빛내며 대답했다.

찰나간 그의 눈 속에 담긴 감정은 분명 분노였다.

"무오객잔의 외옥이 습격당하고, 은인의 도움을 받았을 때의 일이오."

문수는 사자은이를 은인이라 부르며 그날의 일을 떠올렸다.

그는 급박했던 그 상황들을 재차 떠올릴 때마다 노기가 치미는 듯, 중간중간 인상을 쓰기 시작했다.

"나는 분명 본청으로 가려 했소. 그리고 본청 근방에 당도하기 일보직전이었고. 그 순간 내 주변으로 적발 사내와 일단의 무리들이 날 덮쳤소."

윤후의 눈이 그 이야기를 듣자마자 날카롭게 빛났다.

어쩌면 적발 사내에 대한 단서를 얻을 수도 있다는 생각이 든 탓이다.

하지만 돌아온 대답은 윤후의 예상을 뛰어넘는 이야기였다.

"그들은 본청에서 나온 병력이라고 했소. 분명 군무맹의 표식이 있는 복장을 입고 있었으니까."

문수는 당시를 회상하며 이야기했다.

윤후는 우선 잠자코 문수의 이야기를 듣고자 했다.

문수의 이야기가 계속될수록 적발 사내와 또 다른 끈이 있는 동조자가 나타날 것 같았던 탓이다.

문수도 입을 닫은 채 자신을 주시하고 있는 윤후에게 계속해서 말을 이어 갔다.

"……그들에게 본맹에 이 일을 알려 달라고 하고 다시 외옥으로 돌아오려 했지만, 그들은 그 일을 허락지 않았소이다. 그저 고개를 저으며 이 일에 관여된 내가 직접 본청으로 가야 한다고 이야기만 할 뿐이었지."

"해서?"

윤후가 반문했다.

당시, 있었던 일을 똑똑히 기억하는 것은 윤후도 마찬가지였다.

얼마나 일이 급박하게 돌아가지는 알고 있었고, 군무맹에서 병력이 왜 빠르게 지원을 오지 않았는지는 여전히 윤후도 의문점을 가지고 있었다.

물론 윤후 또한 외옥 사건이 일어났을 때 다른 목적을

가지고 진입했고, 본청 병력과 마주치지 않는 게 목표이긴 했지만 당시 상황은 분명 걸리는 바가 꽤 많았다.

아무래도 문수가 그 걸리는 부분을 해결해 줄 만한 열쇠인 것은 확실해 보였다.

이윽고 윤후가 심각한 얼굴로 그의 이야기에 더 집중하자, 문수가 잠시 말을 멈추고 그에게 물었다.

"은인의 이야기를 듣고 당신에게 이 모든 이야기를 하는 것이지만, 나는 과연 당신을 믿을 수 있는지 여부에 대해서는 확신할 수 없소이다."

별안간 말을 끊고 입을 열지 않는 그를 보며 사자은이는 그저 침묵을 지켰다.

사자은이의 침묵에 윤후도 별반 입을 열지 않았다.

신뢰가 쉬이 가지 않는다고 생각하는 그의 신뢰를 얻어내는 건 단순히 말로는 불가능하다고 여긴 탓이다.

이미 그의 말로 미루어 보아, 그는 군무맹에 분노를 품고 있었다.

아니, 군무맹보다 그 기둥 아래 숨 쉬고 있는 배신자에 대한 분노일 것이다.

윤후는 그의 분노를 대강이나마 짐작할 수 있었지만 달리 어떤 일을 해 줄 만한 상황은 아니었다.

단지 도울 수 있는 일이 있다면 돕겠다는 말이 지금으로써는 최선이라고 생각하는 윤후였다. 잠시간 정적이 흐른 뒤, 윤후가 무겁게 입을 열었다.

"날 믿지 않아도 좋습니다. 하지만 지금 순간에 당신을 도울 수 있는 사람은 나밖에 없다는 걸 간과하시면 안 됩니다. 외부에서 당신들을 도울 수 있는 이들은 많아도, 군무맹 내부에서 당신들의 적을 향해 칼을 겨눌 수 있는 건 그리 많지 않을 겁니다. 때론 자신의 입지 때문에, 어느 누구는 자신이 부양하는 가족 때문에, 어느 누구는 재물 때문에…… 반드시 거대 세력에 편입되려 할 테니까 말입니다."

윤후의 말에 흔들림 없던 문수의 눈이 가늘어졌다. 그러자 윤후는 그에게 쐐기를 박듯 뒷말을 덧붙였다.

"나는 지금 맹주의 턱 밑에서 지켜보고 있는 중입니다. 누가…… 놈의 끈을 부여잡고 있는지."

윤후의 눈이 이글거리는 화염처럼 번뜩였다.

찰나 간 살기로 번뜩인 윤후의 눈을 보며 문수도 느리게 고개를 끄덕이면서 납득했다.

"하긴. 당신도 많은 걸 잃었다고 들었소."

"놈들은 실수한 거지."

윤후의 얼굴이 딱딱해졌다.

동시에 그가 이를 꽉 다문 채 잇새 사이로 말을 이었다.

"지키던 모든 걸 잃은 이는 내일을 기약하지 않으니까."

그의 말에 문수는 끼고 있던 팔짱을 풀며 나직한 목소리로 윤후에게 말했다.

"난 이제 누구든 완전히 신뢰하지 않소. 나의 목숨을 구함 받은 은인을 제외하고는, 형제들의 빚을 갚을 때까지 단 한차례도 쉴 생각이 없소이다."

문수는 한층 경계심을 푼 듯 보였으나 여전히 사자은이를 볼 때의 눈빛과는 다른 모습을 보였다.

다만 윤후의 진심 어린 설득으로 조금 변한 것이 있다면 잠시 멈춘 말을 다시 시작했다는 정도였다.

"목적이 같으니, 의도가 끝이 날 때까지는 등을 돌리지 않겠군."

문수는 그 말과 함께 잠시 멈췄던 과거의 이야기를 다시 본론으로 끄집어냈다.

"군무맹의 본청 병력으로 위장했던 그자들은 나를 끌고 어디론가로 움직였고, 나는 아무것도 모른 채 그들에 의해 끌려가야 했소. 끌려가는 도중, 본청의 성과 점점 멀어지고 있다는 것을 느꼈지. 누구냐고 반항하려 했으나 그때 골목 어귀에서 누군가 나타났소. 적발의 사내였지."

"적발······."

그의 이야기를 잠자코 듣고 있던 윤후는 문득, 적발이란 단어에 초점을 맞췄다.

적발······ 적발······.

한참을 그 단어만 되뇌던 윤후가 돌연 눈을 굴리기 시작했다.

윤후가 이상한 낌새를 보이자 말을 하던 문수도 수상쩍다는 표정으로 윤후를 바라보았고, 윤후는 그의 시선을 느끼고는 재빨리 손사래를 치며 말문을 열었다.

"계속 들려주시겠습니까."

"그러겠소."

문수도 윤후의 의중이 궁금했으나, 우선은 차차 이야기를 듣기로 하고 계속해서 이야기를 꺼내 갔다.

"적발 사내는 나보다 무위가 강한 자였소."

"그의 병기는 무엇이었습니까."

병기를 질문하는 윤후에게 문수는 지체 않고 대답했다.

"부(斧). 두 자루의 부였소."

윤후는 부라는 이야기를 듣자마자 잠시 머리가 어지러웠다.

점점 이야기가 진행될수록 모든 상황들이 미궁 속으로 엎어지는 것 같은 느낌이었다.

대체 왜 이런 일들이 연이어 벌어지는 것인지 운명이 원망스럽기도 했다.

하나 이왕 벌어진 것이라면 철저히 의심의 여지부터 잘라 낸 뒤 진실을 캐내야 했다.

모든 것을 확인하고 점검해야 한다.

그게 지금 가장 우선적으로 해야 할 일이라고 윤후는 생각했다.

잠시 깊은 숨을 들이쉰 윤후는 계속되는 문수의 말에 재차 집중했다.

문수는 적발 사내에 관한 이야기를 하면서, 그 이후 있었던 일에 대해 말문을 열어 갔다.

"그 이후 내가 끌려간 곳은 지하 이외옥. 그때 당신을 만났다고 하더군. 약에 취해 정신이 없어서 기억이 잘 나진 않지만."

이미 윤후는 당시의 일을 이야기하면서, 기억해 낸 지

오래였다.

사자은이가 당시 문수를 구출해 내면서 잠시 대화를 하고 사라진 까닭이다.

윤후도 그때를 떠올리며 문수가 하는 말에 고개를 무겁게 끄덕였다.

이윽고 이야기를 하던 문수가 잠시 말을 멈추고 눈을 빛냈다.

"하나, 이 이야기의 진짜는 지금부터요."

문수는 이내, 마른침을 한차례 삼키고 난 뒤 얼굴을 찡그리며 말을 이었다.

"이외옥에 갇혀서 은밀히 찾아오는 놈들에게 모진 고문을 받을 때마다, 놈들은 내게 물었소. 아는 게 무엇이냐, 무엇을 보았느냐. 알고 있는 걸 털어놓으면 집으로 돌아갈 수 있게 해 주마. 그러면서 문득 든 생각이 있었지. 이렇게 내가 살아 있는 게 켕기는 자들이라면, 왜 나를 죽이지 않을까."

"……."

"동시에 불현듯 한 가지 생각이 지나갔소. 놈들이 나를 이곳에 가둬 둔 이유는 다른 목적 때문일 것이다. 그럼 그 목적이 무엇일까 하던 찰나에 이런 가정이 생겼지. 어쩌면 나를 이곳에 가두라 지시한 자는 나의 죽음보다 실종 상태를 유지하고 싶은 것인지도 모르겠다. 라는 그런 생각."

"실종 상태를 유지한다……."

윤후가 문수의 말을 따라 읊조렸다.

그러자 문수가 두 손을 깍지를 끼며 몸을 앞으로 내밀었다.

"생각해 보시오. 분명 삼외옥이 침몰된 뒤, 군무맹에서 대대적인 조사가 시작됐을 거요. 그럼 시신들의 명패나 혹은 지니고 있는 물품들을 통해 신분들을 확인하고 서류에 적힌 명단을 확인하는 건 당연하겠지. 그럼 그 다음은 무엇이겠소? 당연히 시신 중에 하나가 되어 있어야 할 내가 없다면 내가 어디에 있는지부터 조사하는 게 우선시 되지 않겠소?"

"그렇겠지."

"자, 그렇다면 이 모든 조각들을 모아 봤을 때 한 가지 가설이 들어맞게 되오. 만약 적발 사내가 내부의 인사고, 적발 사내를 부리는 또 다른 내부의 인사가 있다면…… 어쩌면 또 다른 내부 인사가 적발 사내를 언제든 제거하기 위해 나를 살려 둔다는 가설이 성립된다는 얘기지. 아니,

군이 직접적으로 나를 증인으로 세워 적발 사내를 옭아매진 않는다 하더라도 어떻게든 나를 이용할 또 다른 패로 사용할 수 있지 않겠소? 그리고 그렇게 그 가설이 성립되고 생각이 정리될 때쯤 나를 그곳에서 풀려날 수 있었소. 은인에 의해서."

문수의 이야기는 이것으로 끝이 났다.

하지만 문수 덕분에 윤후는 깊은 고심에 빠지게 됐다.

문수의 말이 끝나자 다시 무겁게 정적이 흐르는 방 안에서, 윤후가 다시 침묵을 깨고 입을 열었다.

"그 가설에는 한 가지 문제가 있습니다."

윤후가 손바닥으로 얼굴을 쓸어내리면서 눈을 빛냈다.

그의 말에 지금껏 이야기를 듣고만 있던 사자은이의 전음이 윤후의 머릿속에 울려 퍼졌다.

—뭐지?

"이미 당신도 알고 있을 텐데?"

윤후의 반문에 사자은이가 전혀 모르겠다는 듯 고개를 좌우로 저었다. 그러자 윤후가 정확하게 설명을 시작했다.

"이 모든 일의 주동자인 적발 사내는 일개 대대 이상의 병력을 보유하고 있었고, 나와 대립각을 세우고 싸우고 있었어. 근데 그러는 동시에 당신을 쫓아갈 기회가 있었다고? 시간차로 따져 봐도 그건 불가능에 가까워. 더욱이 놈들은 내가 의식이 멀어지는 와중에, 몇 가지 이야기를 내뱉었어. 빨리 그곳을 벗어난다는 이야기와, 손님이 왔다는 이야기. 자, 그럼 다시 생각해 봅시다.”

윤후의 말에 사자은이와 문수 모두 칼날처럼 눈빛을 세웠다.

기실, 당시 상황에 전반을 모두 알고 있는 이는 없었다.

문수는 그들에 의해 쫓김 당하고 있었고, 이어서 사자은이도 문수를 돕기 위해 사방팔방으로 뛰어다니던 시점이었다.

결국 무오객잔 내부에서 일어나는 일을 시간별마다 알고 있는 건 지금 이 자리에선 윤후뿐이었다.

“적발 사내가 두 명이라는 가정을 해 보지. 그리고 당신이 세운 가정을 함께 접목시켜 본다면 어떨 것 같습니까.”

윤후의 물음에 문수가 눈을 부릅떴다.

이어서 윤후는 쐐기를 박듯 머릿속에 떠 다니던 생각들을 빠르게 입 밖으로 뱉어 냈다.

"같은 적발. 도끼라는 병기. 더불어서 그 당시 현장에 와 있을 법했던 인물. 이어서 같은 내부 끈에 의해 이어져 있는 자."

─적우.

사자은이는 이미 적우의 존재를 알고 있다는 양, 윤후와 문수에게 동시에 전음을 시전했다.

그 모든 추측들 속에서 둔기에 맞은 것마냥 가슴이 답답해진 것은 윤후였다.

윤후는 지금껏 오정원과, 그 곁에 있는 적우를 믿었다.

하지만 문수와 사자은이로부터 얻은 정보들은 정확히 그들을 가리키고 있었다.

이대로라면, 정녕 이대로라면······.

그들에게 맡긴 아홍.

아홍과 함께 떠난 곽운.

그 둘 모두 윤후가 사지로 밀어 넣은 것이나 다름없게 되는 것이다.

자신이 오정원과 적우의 뜻대로 움직이지 않으면 언제든 제거될 대상으로.

"으아아아아─!"

윤후가 온몸을 타고 흐르는 분노를 이기지 못하고 가운

데 있던 탁상을 벌떡 일어나며 집어 던졌다.

쿠당탕—!

고함을 터트리는 윤후를 사자은이와 문수는 가만히 앉은 채 응시했다.

그들도 지금껏 윤후가 계속해서 적우와 움직였다는 사실을 알고 있었기 때문이다.

하지만 한차례 고함을 지르고 난 뒤, 윤후의 눈빛은 다시 깊게 가라앉았다.

애써 마음을 추스르기 시작한 것이다.

윤후 스스로도 잘 알고 있었다.

모든 것이 거미줄처럼 엮인 지금, 단 한 번의 행동과 선택이 모든 악수가 될 수도 있다는 사실을.

윤후는 목석처럼 우두커니 선 채 사자은이를 향해 물었다.

"나는 오늘이 지나면 맹주의 뜻대로 사마련으로 떠나게 될 거야. 그럼 솔직히 따지면 이곳에서 당신들을 더 도와줄 수가 없어. 그리고 내가 돕지 않는 한, 적우를 상대하기는 여간 쉬운 일이 아닐 거야. 무엇보다 난 아직 모든 일들을 받아들이기 쉽지 않아. 우선 당신들과 나의 정보들로 세운 가설이 확실한지부터 알아봐야겠어."

—네 말대로 쉽지 않을 것이다. 현재로서는 놈들의 끈이 어디까지 이어졌는지 모르기에, 쉽사리 내부 조력자를 만들어 낼 수도 없다. 자칫하면 그들에게 문수가 드러날 수 있다.

사자은이의 말에 문수와 윤후 모두 동시에 고개를 끄덕였다. 상황의 여의치 않아 보이자 윤후가 사자은이를 바라보면서 다시 입을 뗐다.

"적우와 좌군사 간의 모종의 협약이 있다는 사실은 알고 있나?"

문득 모든 걸 다 안다는 듯한 표정의 사자은이를 보며 윤후가 의문 섞인 표정으로 물었다.

그러자 사자은이가 지체 않고 답해 왔다.

—지금껏 널 감시한 자들이, 좌군사의 끄나풀로 보인다. 그들은 널 오랫동안 주시해 왔다, 계속해서. 티 나지 않게 멀찍이서부터 너의 이동 방향, 행로를 전부 다. 이미 예상하고 움직인 것이었으니, 굳이 티 나게 쫓을 필요도 없었겠지. 범부들 사이에 숨어서 움직이니 너에게 들킬 일도 없었을 것이다.

사자은이의 말에 윤후가 입술을 질끈 깨물었다.

사자은이의 말이 전부 진실이라면, 정말 이 모든 일에

는 적우와 좌군사 오정원이 포함되어 있는 것인지도 몰랐다.

만약 그렇다면…… 정말 그렇다면…….

윤후는 잠시 머리가 어지러웠다.

이윽고 입을 닫고 있던 문수가 나지막한 목소리로 물었다.

"한데 맹주의 곁에서 임무를 수행한다 하지 않았소? 그리고 들리는 바에 의하면 그 공녀도 구했다고 하던데."

문수의 말을 듣고 있던 윤후는 그 순간, 자신을 만나고자 했던 백리서린을 떠올렸다.

'어쩌면.'

쉬이 움직일 수 없는 윤후의 처지와는 달리 백리서린은 자유롭다.

더욱이 그녀는 맹 내부의 첩자. 그리고 자신의 사람을 헤친 자를 맹렬하게 찾고 있었다.

어차피 그녀가 따로 움직일 거라면 함께 손을 잡는 편이 나을지도 몰랐다.

"……하루의 말미."

자리에 우두커니 서 있던 윤후가 혼잣말을 하듯, 중얼거리고는 두 사람을 향해 입을 열었다.

"당신들이 공녀와 손을 잡는다면, 이 일…… 얼마나 캘 수 있겠소."

윤후의 갑작스러운 제안에 잠시 침묵을 지키던 사자은이가 자리에 일어나면서 전음을 시전했다.

―놈들의 뼛속까지. 모조리 다.

〈『수신무제』 제4권에서 계속〉

도서출판 뿔미디어 홈페이지 OPEN!!

안녕하세요.

지금껏 저희 뿔미디어를 응원해 주신

독자님들의 성원에 힘입어

이번에 새롭게 홈페이지를 오픈하였습니다.

저희 뿔미디어는 홈페이지에서 독자님들께서

보다 빠른 출간 소식과 미리보기 등

알찬 내용을 제공하기 위해 많은 노력을 기울였습니다.

또한 독자님들에게 도서 할인, 이벤트 등

다양한 혜택을 제공하고자 합니다.

저희 뿔미디어 홈페이지 오픈을 계기로

한층 더 독자님들과 가까워질 수 있는 기회가 되었으면 합니다.

보다 많은 관심과 사랑 부탁드리며,

앞으로도 더 좋은 컨텐츠 제공에 힘쓰도록 하겠습니다.

감사합니다.

-도서출판 뿔미디어 올림-

www.bbulmedia.com

www.bbulmedia.com